아빠 왔다

이재국 지음

amStory
All about Making Story

남자는 아빠가 되면 철이 든다

아내에게는 미안하지만,
남자는 결혼했다고 해서 철이 드는 게 아니라 '아빠'가 되면 철이 든다.
아빠가 되면 '희생의 기쁨'이라는 것도 알게 되고
'눈물의 행복'이라는 것도 알게 된다.
'밥을 안 먹어도 배가 부르다'는 말.
'눈에 넣어도 안 아프다'는 말.
'보기만 해도 하루의 피로가 싹 풀린다'는 말.
'내 모든 걸 주어도 아깝지 않다'는 말.
아빠가 되지 않으면 절대, 알 수도 없고 이해할 수도 없는 말들이다.

아빠는 아이에게 가장 가까운 존재이자 가장 먼 존재다

현대 사회는 아빠와 아이를 점점 멀어지게 한다.
아빠는 전쟁터 같은 생활 전선에서 가족을 부양해야 하기 때문에
아이들과 뺨을 부비며 친해질 시간이 부족하다.
그나마 아빠와 아이가 친하게 지낼 수 있는 시기는
아이가 태어나서부터 초등학교 들어가기 전까지다.
그 시기에 아이와 많은 시간을 함께 보낸 아빠는
아이의 기억 속에 '나랑 가장 가까운 존재'로 남게 되지만,
그 시기에 아이와 함께 하지 못한 아빠는
아이에게 '나랑 같은 집에 살지만, 가장 먼 존재'로 각인된다.

아빠의 말 한마디가 곧, 책 한 권이다

아이가 스스로 책을 읽기 전에는
아빠의 말 한마디가 곧, 책 한 권이고
아빠와 함께 논 하루가 곧, 영화 한 편이다.
그리고 아이에게 가장 좋은 학교는 집이고
가장 훌륭한 선생님은 부모다.
언제 어디서나 함께하는 부모보다는
아이가 필요로 할 때 함께할 수 있는 부모,
그리고 아이가 혼자 설 수 있도록 삶의 지혜를 주는 부모가
아이에게 좋은 부모다.

가장 반가운 말! "아빠 왔다!"

어릴 때는 "아빠 왔다!"라는 말만 들으면
아이들이 현관으로 달려온다.
하지만 아이들이 커갈수록 "아빠 왔다!"라는 말만 들으면
각자 방으로 들어가버린다.
왜 그럴까?
그 이유는,
언제부턴가 아빠와 아이가 대화가 없어졌기 때문이다.
어느 가정에서나 "아빠 왔다!"라는 말이
가장 반가운 말이 됐으면 좋겠다.

목차

강호야!
보고 싶다!

아내와 난 1년 동안 신혼을 즐긴 후, 아이를 갖기로 했다.
하지만 1년 후 아이가 바로 생기지 않았다.
처음엔 조금 당황스러웠는데 마음을 비웠더니
몇 달이 지나자 자연스럽게 임신이 됐다.
난 사실 아들을 원했다.
그래서 아들과 함께 목욕탕에 가고,
함께 산에도 가고, 축구도 하는 상상을 많이 했다.

나의 태몽은 '엄마가 마당에서 빨래를 널고 있는데
호랑이 한 마리가 마당으로 들어와서 엄마의 등에 업혔다'고 들었다.
그런데 임신을 한 아내가 태몽을 꿨는데 호랑이가 나왔다고 했다.
'새끼 호랑이가 집안에 들어와서 아내에게 재롱을 부렸다'고.
이 얘기를 듣고 난 은근히 아들을 기대하며
강한 아이가 되라고 태명도 '강호'라고 지었다.

난 틈만 나면 아내의 배를 쓰다듬으며 말했다.

"강호야! 보고 싶다!"

"강호야! 아빠다!"

한 생명이 나에게 온다는 사실이 기뻐서

그 시절 난, 나도 모르게 실실 웃고 다녔다.

두 사람의 바람이 들어있는 태명을 지어주고
자주 불러주는 게 좋다.
아이가 엄마의 배 속에서 아빠의 감정을 느낄 수 있는 건
목소리밖에 없다.
다른 감정은 엄마를 통해서 전달되지만
아빠의 목소리는 아이에게 직접 전달될 수 있다.

엄마가 섬그늘에
음음음~

임신 5개월이 넘자 아내의 배가 나오기 시작했다.
아내의 배에 손을 올려놓으면
가끔씩 꼬물거리는 움직임이 느껴졌다.
아기가 꼬물꼬물 움직이면
난 아내의 배에 귀를 대고 노래를 불러줬다.
"엄마가 섬 그늘에~ 음음음 음음~ 음음음 음음음음~"
처음에는 노래를 가사로 불러주다가
나중에는 자연스럽게 허밍으로 불러줬다.
아이가 편안함을 느낄 수 있게 중저음으로.
그러면 잠시 후 아이의 발길질이 조용해졌다.

신기한 건,
아이에게 엄마의 배 속에 있을 때 많이 불러줬던 노래를
태어나서도 불러주면 아이가 정말 좋아한다는 사실.
엄마의 배 속에 있을 때부터 자장가 한 곡을 정해서
허밍으로 자주 불러주자.
그 노래를 아이에게 낮은 목소리로 불러주면
아이는 편안하게 잠을 이룬다.
자장가를 잘 모른다면 좋아하는 발라드를 불러줘도 좋다.

평생 잊지 못할,
그 날

2008년 12월 23일.

새벽 2시가 지났는데 아내가 배가 아프다며 잠에서 깼다.

진통이 시작된 것 같아서

우리는 미리 준비해 둔 짐을 들고 병원에 갔다.

"진통이 시작된 건 맞지만, 아이가 나오려면 몇 시간

더 기다려야할 것 같아요."

간호사의 친절한 설명을 듣고 병실로 안내를 받았는데

아내가 갑자기, 밥을 먹으러 가자고 했다.

"자기야, 아기 낳을 때 힘주려면 밥을 먹어두는 게 좋대.

우리 감자탕 먹고 오자."

그래서 우리는 병원 옆에 있는 〈칠형제 감자탕〉에 가서

감자탕을 주문했고, 아내는 참 맛있게 한 그릇을 비웠다.

그렇게 감자탕을 먹고 새벽 5시쯤 병원에 들어갔는데

진통이 왔다가 멈췄다가, 허리가 아팠다가 배가 아팠다가

계속 통증이 반복됐다.

그러다가 1분 간격으로 진통이 온 건 오전 11시.

"아이가 나올 때가 된 것 같아요. 조금만 기다려주세요."

사실, 출산 예정일은 1월 10일이었는데

녀석은 뭐가 그렇게 궁금했는지 보름이나 일찍 태어날 기세였다.

아내가 임신 9개월까지 직장을 다녔으니까

많이 움직인 것도 이유인 듯 했다.

그렇게 짧은 진통이 계속됐고

간호사들이 바쁘게 움직이더니

갑자기 의사 선생님이 식사를 하다가 말고 뛰어왔다.

"남편님! 출산할 때 함께 계실 건가요?"

의사 선생님이 급하게 물었다.

사실 우리는 임신 후에 서로 약속한 게 있었다.

그 당시 나와 함께 방송을 했던

구성애 선생님의 말을 따르기로 한 것이다.

"이 작가, 부인이 출산할 때 절대 들어가지 마세요.

엄마는 아이한테 집중해야 하는데,

아빠가 있으면 엄마가 아이에게 집중을 못 합니다.

엄마이기 이전에 이 작가를 사랑하는 여자예요.

아름다운 모습만 보여주고 싶은 게 여자 마음이죠.

아이 낳을 때 함께 들어간다고 자상한 남편이 되는 게 아닙니다.

아이 낳을 때 잘하는 남편보다

아이 낳은 후에 아내한테 잘하는 남편이 더 자상한 남편이에요."

나도 그리고 아내도 구성애 선생님의 말에 동의했었다.

"자기야! 걱정 마. 나 문 밖에 서 있을게. 사랑해!"

난 아내에게 용기를 주고 분만실에서 나왔다.

그리고 분만실의 문에 귀를 대고 아이가 태어나길 기다렸다.

"힘주세요!"라는 말이 다섯 번 정도 들리더니

잠시 후, "응애, 응애" 소리가 났다.

2.7kg에 43cm의 작고 길쭉한 몸으로 태어났지만

울음소리는 우렁찬 녀석이었다.

그때 시간을 보니 낮 1시 57분!

곧 간호사가 문을 열더니 말했다.

"예쁜 공주님입니다. 들어오세요."

문을 열고 들어갔는데 빨갛고 쭈글쭈글한 아이가

얼굴을 꼼지락거리고 있었다.

"여보 수고했어! 사랑해."

"진짜 내가 낳은 거 맞아? 정말 예쁘다."

아내가 아이를 껴안고 환하게 웃으며 말했다.

그 모습을 보는데 나도 모르게 눈물이 뚝뚝 떨어졌다.

세상이 정말 아름다워 보였고, 말로 표현할 수 없는 기쁨이었다.

아내가 회복실로 간 다음,

나는 밖으로 나와 어머니와 장모님께 전화를 드렸다.

그 때, 창밖에는 눈이 내리고 있었는데

마치 세상에 처음 내리는 눈처럼 아름다웠다.

그래서 난 지금도 눈 오는 날이면,

연우가 태어난 날 같아서 기분이 좋다.

19

우리 아기,
누구 닮았나?

보름이나 일찍 세상에 나와서 그런지
쭈글쭈글 못생겼지만 참 사랑스런 아이였다.
정말 신기한 건, 작지만 나를 똑 닮은 모습.
귀가 나와 똑같이 생겼고
입모양도 나와 똑같이 생겼다.
매일매일 변하는 얼굴을 보면서 아기에게 얘기해줬다.
"코는 아빠 닮고! 눈은 엄마 닮고!
입은 아빠 닮고! 손은 엄마 닮고!"
'닮았다'는 말이 주는 어감이 좋았다.
그리고 '나를 닮았다'는 그 말이 정말 좋았다.

우리는 어렸을 때부터
내가 좋아하는 사람을 따라하고
내가 존경하는 사람을 닮고 싶어 한다.
"엄마 닮았다!", "아빠 닮았다!"
아이에게 '닮았다'는 말을 자주 해주자.
'닮았다'는 말은 아이에게 최고의 호감 표현이다.

쭉쭉쭉!
쭉쭉쭉!

아기 때는 아빠가 마사지를 자주 해주는 게 좋다.

어른들도 하루 종일 누워있으면 좀이 쑤시듯이

아이들도 하루 종일 누워있으면 힘들어 한다.

나는 아이를 마사지할 때

무릎, 어깨, 팔, 다리를 주물러 주면서

"쭉쭉쭉! 쭉쭉쭉! 쭉쭉쭉! 쭉쭉쭉!" 이렇게 소리를 냈다.

유아기 아이와 아빠가 소통할 수 있는 방법은 많지 않다.

그래서 아이와 스킨십을 할 때는

조금 유치하게 느껴질 수도 있지만

의성어나 의태어 그리고 감탄사로 감정 표현을 자주 하는 게 좋다.

그래야 아빠의 목소리가 아이에게 익숙한 소리가 된다.

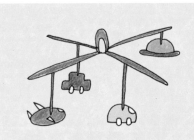

아빠의 목소리는
엄마의 배 속에서부터 들었던 목소리라
아이가 더 친근감을 느낀다.
특히 아빠가 사용하는 의성어, 의태어들은
아이의 감성을 자극하기 때문에
되도록 다양한 의성어와 의태어로 감정을 전달해주는 게 좋다.

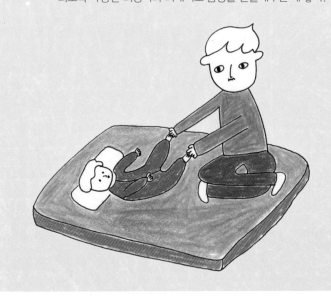

앗,
뜨거워! 조심!

아이에게 "하지 마!", "안 돼!"
이런 말은 되도록 하지 않는 게 좋지만
뜨거운 거 조심하라는 말은 꼭 해야 한다.
처음엔 "뜨거워 조심!" 이렇게 말하지만
나중에는 "뜨!"라고 한 글자만 말해도
아이가 알아들을 수 있도록,
뜨거운 것에 대해서는 항상 주의를 주는 게 좋다.
24개월 정도 지나면
아이가 스스로 뜨거운 것은 겁을 내고 또 조심하지만
그 전에는 부모가 조금 과하다 싶을 정도로 챙겨주는 게 좋다.

유아기 아이들은
말을 '뜻'으로 이해한다기보다
'느낌'으로 이해하는 경우가 많다.
"안 돼!"라는 말은 아이가 그 뜻을 모르더라도
뭔가 부정적인 느낌과 감정을 전달하고
"뜨거워!"라는 말도 걱정과 함께
위험하다는 경고를 전달한다.
아이들이 말을 못 알아듣는다고 해도
그 감정은 전달되기 때문에 단어 선택이 중요하다.

아이고
시원해라!

초보 아빠에게는 아기가 똥을 싸는 것도 신기하다.
아기가 동글동글한 똥을 싸면,
괜히 만져보고 싶고 또 냄새도 맡아보고 싶고…….
그 똥마저도 귀엽게 느껴진다.

아기가 똥을 쌌을 때,
그리고 쉬를 해서 기저귀를 갈아줘야 할 때
칭찬을 해주는 게 좋다.
"아이고 시원해라! 잘했어요, 우리 아가!"
유아기 아이들에게 가장 큰 즐거움은 먹는 것과 싸는 것이다.
아기가 더 즐거워할 수 있도록
"아이고 시원해라! 잘했어요, 우리 아가!"
그렇게 칭찬을 많이 해주자.

부모가 아이의 똥을 더럽게 생각하면
아이도 그 감정과 느낌을 알게 된다.
그래서 "왜 이렇게 똥을 자주 싸!", "아, 더러워!"
이런 말들을 듣게 되면 아이는 위축될 뿐만 아니라
자기가 무슨 잘못을 한 줄 알고
배변에 대한 스트레스까지 생긴다.
아이가 배변을 즐거움으로 느낄 수 있도록
칭찬을 많이 해주자.

음빠
음빠

아이가 태어나서 가장 먼저 하는 말!
아이들마다 모두 다르겠지만 대부분은 "음빠!"일 것이다.
엄마가 들으면 "엄마!"로 들리고
아빠가 들으면 "아빠!"로 들리고
할머니가 들으면 "맘마!"로 들리는 그 말, 음빠!

엄마, 아빠!
누가 먼저면 어떠리,
어차피 우리 아들이고 우리 딸인데.

아이가 "음빠!"라는 말을 하기 시작하면
그때부터는 말 한마디에 더 신경을 써야 한다.
아이가 "음빠!"라고 할 때마다
"아빠!", "엄마!"라고 따라 해주거나
"잘한다, 잘한다!" 칭찬해주는 게 좋다.
그래야 아이가 말에 관심을 갖고
더 적극적으로 표현하기 때문이다.
아이가 입을 뗀다는 건,
첫 번째 걸음마를 한 것만큼 중요한 순간이다.

아빠 왔다!

아빠가 되면 현관문을 열고 들어오면서
"아빠 왔다!"
라는 말을 제일 해보고 싶었다.

연우가 기어 다니기 시작할 무렵,
연우는 내가 오는 소리가 나면
기가 막히게 알아듣고 현관문으로 막 기어 왔다.
내가 현관문을 열고
"연우야! 아빠 왔다!"
이 한마디만 하면 까르르, 웃으며 좋아했다.

아이가 두세 살이 될 때까지는
아빠의 몸이 세상에서 가장 좋은 놀이터다.
아이의 겨드랑이를 잡고 번쩍 들어 올려 비행기를 태워주고
아이를 껴안고 함께 뒹굴고
어깨에 앉혀 목말을 태워주면

아빠의 몸보다 재밌고 안전한 놀이터는 세상 어디에도 없다.

그렇게 아이와 재밌게 놀아주면

"아빠 왔다!" 이 말 한마디는

아이에게 놀이공원 개장을 알리는 소리와 같게 된다.

연우는 자다가도 "아빠 왔다!"라는 말 한마디에

눈을 뜨고 기어온 적도 있다.

물론, 그러면 아내는 싫어하지만…….

어쨌든 아빠의 목소리가 아이에게 즐거움의 시작처럼 느껴지면 좋겠다.

'아이와 놀아준다'고 생각하면
아빠는 금방 지치고 재미가 없다.
집에서는 권위나 체면을 모두 버리고
아이와 놀아주는 게 아니라, 아이와 함께 노는 아빠가 되자.
평생 같이 놀아야 한다고 생각하면 힘든 일이지만
아이 인생의 2~3년, 길어야 5년이면 끝나는 행복이다.
그 뒤로는 아빠와 같이 놀자고 해도, 아이들이 같이 안 놀아 준다.
그러니 아이와 함께 놀 수 있을 때, 함께 놀자!

걸음마!
걸음마!

아이가 걸음마를 할 때가 되면,

아빠가 아이의 손을 자주 잡아주자.

보행기나 걸음마 보조기를 잡고

걸음마 연습을 하는 것도 좋지만

제일 재밌고 안전한 건 아빠의 손을 잡고

걸음마 연습을 하는 것이다.

이왕이면 한 걸음 한 걸음 뗄 때마다

"걸음마! 걸음마!" 하며 리듬감을 넣어서 말해주면

아이가 더 편안한 마음으로 연습할 수 있다.

연우는 소파 근처에서 자주 놀았는데

어느 날 소파를 잡고 일어나더니

소파 근처에서 걸음마 연습을 했다.

그때마다 나는 연우의 손을 잡아주고

"걸음마! 걸음마!"라고 하며 함께 걸음마 연습을 했다.

그래서인지 연우는 돌이 지나기 전에 걸음마를 할 수 있었다.

엄마, 아빠들은 아이가 걸음마를 할 때가 되면
마음이 초조해지고 괜히 다른 집 아이들과 비교하게 된다.
"누구 아들은 10개월에 걸었다."
"누구 딸은 돌 때 걸었다."
"누구 아들은 돌 때도 못 걸었다."
그런 말들은 아이와 부모 모두에게 스트레스가 된다.
조금 늦게 걷더라도 아이가 무리하지 않고 편하게 걸을 수 있도록
부모는 기다려주는 게 좋다.

아이에게 걸음마 연습이 스트레스가 되면 안 된다.
아이가 혼자 걸으려고 하지 않는다면
그건 아직 스스로 준비가 안 됐기 때문이다.
너무 일찍 걸음마를 하면 관절에 무리만 갈 뿐,
걸음마를 먼저 한다고 해서 좋은 건 아무것도 없다.
절대 서두르지 말자.

자장자장
우리 아기!

첫 돌이 지나면 아이들은 잠투정을 시작한다.
자면서 이상한 소리를 내기도 하고
이유 없이 울기도 한다.
초보 엄마, 아빠들은 그럴 때 정말 애가 탄다.
아파서 그런 건지, 아니면 배가 고파서 그런 건지
말도 안 통하고 정말 답답하다.

연우도 심하게 잠투정을 하던 때가 있었다.
아침 일찍 출근해야 하는 아내 곁에서 연우는 밤새 잠투정을 했다.
난 연우를 안고 거실을 서성거리며
평소 좋아하던 노래를 허밍으로 불러줬다.
따뜻하게 안아주고 노래를 불러주니 어느새 스르륵 잠이 든 연우.
새벽 동이 터오는데 뭔가 기분이 정말 좋았다.
내 품에서 곤히 잠든 연우를 보니 감사한 마음이 들었다.
'이 녀석이 드디어 나를 믿어주는구나!'

아이들은 낯선 사람의 품에서는 잠을 잘 안 잔다.
제일 익숙한 엄마 품에서 잠을 잘 자는데
아빠 품에서 잠을 잤다는 건,
아빠도 엄마만큼 믿어준다는 것 아닐까?
평소에 아이가 아빠의 품을 편하게 느낄 수 있도록
자주 안아주고 자장가도 많이 불러주는 게 좋다.
아이는 느끼는 만큼 표현하기 때문에
아이가 아빠를 친근하게 느낄 수 있도록 아빠가 더 노력하자.

수박이
그렇게 좋아?

나는 어릴 때부터 수박을 굉장히 좋아했다.

집에 수박이 있으면 밥은 안 먹고 수박만 먹을 정도로 수박을 좋아했고

내 머리통보다 큰 수박을 앉은 자리에서 다 먹은 적도 있다.

고등학교 때는 수박이 너무 먹고 싶어서

1교시 끝나고 쉬는 시간에 자전거를 타고 집에 와서

수박을 먹고 다시 학교로 달려가고

2교시 끝나고 쉬는 시간에 또 집에 와서

수박을 먹고 다시 학교에 갈 정도로 수박을 좋아했다.

그런데 참 신기하게 연우도 수박을 정말 좋아한다.

연우에게 수박을 자주 사준 것도 아닌데

수박만 보면 양손으로 들고 먹었다.

어느 날, 뷔페에 갔는데 연우가 수박을 먹고, 먹고, 또 먹고

정말 누가 뺏어먹는 것도 아닌데 허겁지겁 먹는 걸 보고

'역시 내 딸이구나!' 하는 생각이 들었다.

연우와 나는 집에 수박이 있으면

둘이 앉아서 내기라도 하듯이 수박을 먹었다.

수박을 먹다가 내가 수박씨를 연우한테 뱉었더니

연우도 나에게 수박씨를 뱉었고

우리는 정말 옷이 함초롬 젖을 정도로 신나게 수박을 먹었다.

"포크로 먹어라!"

"흘리지 마라!"

"똑바로 앉아서 먹어라!"

이렇게 음식 앞에서 아이를 혼내기보다

가끔은 자연스럽게 아이와 함께, 아이처럼 행동하는 것도 나쁘지 않다.

우린 그날, 최소한 추억 하나는 만들었으니까.

뭐, 옷이야 빨면 되고, 바닥이야 닦으면 되는 거니까.

열두 띠별 성경동화

39

가족이 함께하는 추억도 중요하지만
아빠는 아이와 함께 할 시간이 부족한 만큼
아이와 틈나는 대로 둘만의 추억을 만들자.
둘이서 맛있는 걸 먹어도 좋고
둘이서 몰래 놀이터에서 노는 것도 좋다.
그 날, 아빠와 함께한 추억이
아이에게는 좋은 영화 한 편처럼 기억될 테니까.

벌써
이만큼 자랐네

아이가 세 살이 될 무렵, 한쪽 벽면에 줄자를 걸어 놨다.
아침에 일어나면 쪼르르 달려와 키를 재는 연우.
"쑥쑥 자라서 벌써 이만큼 자랐네?"
"와! 잠 잘 자니까 또 이만큼 자랐네!"
"우리 연우, 밥 잘 먹으니까 이만큼 자랐네!"
"김치 잘 먹으니까 또 이만큼 자랐네!"

아이가 자란다는 건,
부모에게도 큰 기쁨이지만
아이에게도 큰 기쁨이다.
몸도 자라지만 마음도 그만큼 자라기 때문에
더 기분이 좋다.

아이는 밥을 먹고 자라고, 잠을 자면서도 자라고,
책을 읽으면서도 자라고, 아빠와 놀면서도 자란다.
그렇게 매일매일 조금씩 자라나는 아이에게
아빠의 따뜻한 말 한마디는 좋은 영양제가 된다.

아빠랑
축구할까?

연우는 세 살이 넘자 공을 가지고 노는 걸 좋아했다.
놀이터에서 내가 발로 공을 톡 굴려주면
연우가 손으로 공을 잡아서 던진다.
"연우야! 축구는 발로 하는 거야. 발로 차야지."
하지만 연우는 또 손으로 공을 잡아서 던진다.
서너 살 아이들이 두 발로 공을 차는 건 쉽지 않다.
다섯 살 이전에는 균형 감각이 부족하기 때문이다.
그럴 땐 그냥 우리 둘만의 축구를 하면 된다.
아빠와 딸이 축구하는데
축구공을 손으로 던진다고 옐로카드를 받는 건 아니니까.

아빠와 아이가 무언가 주고받는 놀이를 하면
서로 주고받는 사인이 생기기도 하고
상대와 커뮤니케이션 하는 방법을 배우기도 한다.
아빠와 아이가 공놀이를 할 때
너무 규칙에 집착하거나 잘잘못을 따지지 말고
아이가 흥미를 가질 수 있도록 도와주는 게 더 중요하다.

47

우리
책 볼까?

아내는 연우를 임신했을 때 패션 마케팅 회사에 다녔다.
그래서 임신 중에 패션 잡지를 참 많이 봤는데
그 때문인지 연우는 돌이 지났을 때부터
동화책보다는 패션 잡지를 보는 걸 더 좋아했다.
동화책은 아무래도 밋밋하다 보니
아이의 눈은 자연스럽게 강렬한 패션 잡지로 향했다.

두 살, 세 살이 됐을 때도
잡지를 한 장 한 장 넘기면서 보는 걸 좋아했는데
아내가 회사를 옮기면서 잡지책을 모두 치웠다.
처음에는 동화책에 나오는 호랑이보다
진짜 호랑이 사진을 더 좋아했는데,
동화책을 자주 읽어주고 이야기에 살을 붙여 재밌게 읽어주니
연우는 차츰 동화책을 좋아하게 됐다.

아이에게 좋은 책을 읽어주는 건
새로운 친구 한 명을 소개시켜주는 것과 같다.
외국 친구도 있고, 동물 친구도 있고
달나라에 있는 친구도 있고…….
우리 아이가 많은 친구를 사귈 수 있도록 아빠가 도와주자.

어느 날의 일기 #1

연우가 두 돌이 지나고 얼마 후,

새벽 1시가 지났는데 연우가 자지러지게 울어댔다.

아지 말도 잘 못할 땐데 열은 계속 오르고

연우는 울음을 그치지 않았다.

"자기야 안 되겠어. 병원으로 가자."

아내와 나는 옷을 챙겨 입고 집 근처에 있는 병원으로 달려갔다.

응급실에는 사람들이 바쁘게 움직이고 있었고

연우의 울음소리는 그치지 않았다.

"연우야, 많이 아파?"

연우는 말을 듣지도 않고 우리의 손길마저 뿌리치며 울었다.

아이와 말이 통하면 좋겠는데, 말은 안 통하고

연우는 계속 너무 고통스럽게 울기만 하니,

나도 모르게 눈물이 났다.

"연우야, 미안해. 울지 마."

아내도 눈물을 흘리며 연우를 달래주고 있었다.

잠시 후, 의사 선생님이 연우에게 다가왔다.

"이연우 환자, 어디가 아파서 오셨나요?"

의사 선생님이 연우의 체온을 재고

청진기를 연우의 가슴에 대며 물었다.

"언제부터 아팠나요?"

"저녁에는 괜찮았는데… 자다가 말고 일어나서 계속 울어요."

"저녁밥은 뭐 먹었나요?"

"그냥… 된장국이랑 시금치랑… 콩나물이랑….."

"아기야 아파?"

연우가 고개를 끄덕거렸다.

"일단 엑스레이 촬영해볼게요. 보호자 한 분 따라오세요."

나는 연우를 안고 간호사를 따라갔다.

새벽이 되어서야 연우는 울음을 그쳤고, 졸린지 꾸벅꾸벅 졸았다.

"이연우 환자, 결과 나왔습니다."

아내는 연우를 재우고 있고, 나는 의사 앞으로 갔다.

"변비입니다."

"네?"

"변비입니다. 똥이 꽉 막혀있어요. 관장을 해야 할 것 같아요.

어린이와 엄마가 함께 이쪽으로 오세요."

아내는 연우를 깨워 약을 먹였고

얼마 후, 연우를 안고 관장실로 들어갔다.

몇 번인가 연우의 울음소리가 들리더니

아내와 연우가 관장실에서 나왔고

우리는 연우를 데리고 집으로 왔다.

아침이 밝아올 때 즈음,

연우는 엄마 품에서 고이 잠이 들었다.

아내와 나는 살짝 지쳤지만, 참 다행이라는 생각을 했다.

"여보… 우리 연우 아프지 않게 잘 키우자."

"그래. 근데 변비가 그렇게 아픈 건가?"

"몰라. 나도 변비가 아픈 건지 처음 알았어."

"아프다기보다는 답답했겠지. 참 다행인데… 웃기다."

연우는 다음날 일어나, 아무 일도 없었다는 듯이 잘 놀았다.

문득 연우의 얼굴을 보니, 살짝 어른스러워진 것 같았다.

연우 덕분에 우리 부부도 살짝 철이 든 듯했다.

오늘은
어떤 친구를 만나볼까?

연우에게 책은 친구다.

"오늘은 어떤 친구를 만나볼까?"

연우가 책장에서 책을 찾아온다.

연우가 가져오는 책 중에는 백 번도 더 읽은 책도 있다.

그래서 난 그림책을 읽어줄 때마다

내가 상상한 내용으로 연우에게 이야기를 해줬다.

말도 안 되는 내용으로 그림책을 읽어주면

연우는 배꼽을 잡고 웃는다.

"연우야, 오늘은 어떤 친구를 만나볼까?"

"치카치카!"

"그래. 오늘은 치카치카 친구를 만나보자!"

세 살 전에 아이들이 보는 책은
주로 그림 위주로 되어 있고 글이 별로 없기 때문에
책의 내용을 아빠가 마음대로 바꿀 수 있다.
가끔은 아이가 좋아하는 이야기로,
그리고 아이에게 필요한 이야기로,
책의 내용을 바꿔서 읽어줘 보자.
책 한 권으로도,
아이에게 다양한 이야기를 들려줄 수 있다.

식탁에서 밥 먹을 때는
신문 안 볼게요!

난 아침밥을 먹기 전에 식탁에서 신문을 보는 버릇이 있었다.
하루는 밥이 차려졌는데도 계속 식탁에서 신문을 보다가
아내에게 싫은 소리를 들은 적이 있다.
"식탁은 밥을 먹는 곳이에요."

그 버릇을 고치려고 해도 잘 안 고쳐졌는데
어느 날 신문을 보다가 식탁을 보니
연우가 고개를 숙이고 밥을 먹고 있었다.
'아차차! 신문이 연우와 날 가로막고 있었구나!'
난 당장 신문을 치우고 밥을 먹었다.
그날 이후, 난 식탁에서 신문을 치워버렸다.
식탁은 나와 아내, 아이가 함께하는 공간이고
하루에 겨우 한 번, 다 같이 식사하는 곳인데
신문으로 담을 쌓고 연우와 나 그리고 아내를 단절시키는 건
잘못된 행동 같았다.
"연우야! 이제 아빠랑 같이 얼굴 보면서 밥 먹자!"

함께 식사하면서 대화를 하는 건 참 좋은 습관이다.

"오늘은 기분이 어때?"

"어린이집에 새로 온 친구 있어?"

그렇게 아이와 대화를 하며

우리는 함께 밥을 먹는, '한 가족'이라는 걸 알려주자.

예쁜 꿈 꿨어?

난 아침마다 연우를 매번 다르게 깨운다.
"연우야 일어나."보다 좀 더 재밌게.
"어흥! 사자가 연우 깨우러 왔다!"
"오늘은 연우가 무슨 꿈을 꿨을까?"
"공주님! 일어나세요! 아침입니다."

그렇게 기분 좋은 말로 깨워주면
연우는 눈을 비비며 말한다.
"아빠! 나 꿈에서 무지개떡 먹었다!"
"그래? 무지개떡은 무슨 맛이지?"
"파란 맛도 있고, 노란 맛도 있어!"
"와! 정말 맛있겠다!"
"아빠, 근데 나 이불에 쉬했어. 엄마한테는 비밀이야."

아이고, 잘했다! 이 녀석아!

아침에 아이를 깨울 때는
최대한 기분 좋게 깨워주자.
이불에 오줌을 쌌다고 아침부터 혼을 내거나 짜증을 내면
아이는 하루 종일 기분이 좋지 않다.
아이가 기분 좋은 아침을 시작할 수 있도록
아침에는 무조건 기분 좋은 말을 많이 해주자.

열 번째 성장대화

혼자 어린이집에 가야해, 알았지?

연우는 네 살부터 어린이집에 다녔다.
12월생이라 또래보다 키도 작고 많이 어렸지만
우리 부부는 맞벌이를 해야 했기 때문에 어쩔 수 없었다.

어린이집에 가는 첫날!
대부분 아이들은 엄마나 할머니와 함께
어린이집 버스를 타고 간다.
보통 1주일 정도는 엄마가 아이를 따라다니다가
그 후에는 아이들이 혼자 어린이집을 간다.
심한 경우, 6개월 동안 손녀와 함께
어린이집을 다니는 할머니도 뵌 적이 있다.
"할머니, 안 힘드세요?"
"아휴, 지루해. 애하고 같이 어린이집 다닌 게
내 인생에서 가장 지루한 6개월이었어요."

그런데 연우는 어린이집에 가는 첫 날부터 혼자 갔다.

연우가 어린이집에 가기 한 달 전부터

난 아침마다 연우에게 얘기를 해줬다.

"연우야, 노란색 어린이집 버스가 오면

연우 혼자서 버스 타고 가야해. 알았지?"

"아빠가 버스에 태워주면, 연우 혼자서 가는 거야.

엄마, 아빠가 같이 안 가도 연우 혼자 갈 수 있지?"

그렇게 한 달 동안 얘기를 해줬더니

어린이집에 가는 첫날,

연우는 노란색 어린이집 버스가 오자마자

힘차게 버스에 올라탔다.

"연우야! 재밌게 놀다와! 빠이빠이~ 이따가 만나!"

그렇게 인사를 하고 노란 버스가 사라져가는 걸 한참 바라보는데

참, 대견하다는 생각과 미안하다는 생각이 동시에 들었다.

아이를 어리다고 생각하면 아이는 한없이 어리지만

어른스럽다고 생각하면 아이는 또 한없이 어른스럽다.

아이에게 잘 설명해주면 아이들은 의외로 많은 것을 이해한다.

부모가 아이를 어릴 때부터 하나의 인격체로 대우해주고,

아이의 의견을 존중해주면

아이는 사회성이 좋아지고 자립심도 생긴다.

아이를 혼자 있게 하는 건 안 좋지만,

아이가 혼자 할 수 있는 일을 만들어 주는 건 좋은 일이다.

아빠!
나 어릴 때 남자였어?

네 살이 넘으면, 아이들은 남자와 여자를 구분하기 시작한다.
일단 머리카락이 길면 여자고, 머리카락이 짧으면 남자다.
그리고 수염이 있으면 남자, 수염이 없으면 여자!
바지를 입으면 남자, 치마를 입으면 여자!

하루는 연우가 짧은 머리를 하고 있는
자신의 어릴 때 사진을 보다가 물었다.
"아빠! 나 어릴 때 남자였어?"
"왜?"
"이것 봐. 머리가 짧잖아. 나 남자였어?"
"어? 응. 남자였어. 그런데 지금은 머리가 길어져서 여자가 된 거야."

그때 사진을 보면,
정말 남자라고 해도 믿을 정도로, 연우는 씩씩한 외모였다.
연우는 아직도 자기가 어렸을 때는 남자였다고 믿는다.

아이가 남자와 여자에 대해 알게 되고
성(性)에 대한 관심을 갖는 시기가 오면
아빠들은 집에서도 옷차림을 조심해야 한다.
아무 데서나 웃통을 벗지 말고
옷을 갈아입는 것도 조심하는 게 좋다.
아이는 아빠의 행동을 스펀지처럼 빨아들이기 때문에
행동도 조심하고, 말도 조심해야 한다.

아빠,
퉤!

새벽까지 글을 쓰다가 잠이 들었다.

"아빠~"

연우가 부르는 소리에 눈을 떴는데

어느새 연우가 내 배 위에 올라와 있었다.

"응. 아빠 이제 일어날게."

"아빠, 퉤!"

연우가 내 얼굴에 침을 뱉었다.

평소 같으면 화가 났겠지만, 그 날은 이상하게 화가 나지 않았다.

"아빠, 나 어린이집에서 침 뱉는 거 배웠어."

"아, 그래. 그런데 사람한테는 뱉으면 안 돼."

"아니야. 나 침 뱉는 거 연습해본 거야."

"응 알았어. 하지만 사람한테는 뱉으면 안 돼. 알았지?"

"응!"

연우는 그날 이후, 어디에도 침을 뱉지 않았다.

설마 아이가 아빠 얼굴에 침을 뱉고 싶어서 뱉었을까?
그냥 궁금해서 뱉은 것이다.
물론, 화를 내면서 얘기할 수도 있고
따끔하게 혼을 내줬을 수도 있지만
그렇게 화내지 않아도 아이들은 다 알아듣는다.
잘못된 행동이라는 것을 아이에게 따뜻하게 설명해주면
아이는 다시는 그런 행동을 하지 않는다.
만약 아이가 잘 몰라서 한 일 때문에 혼이 나고 꾸지람을 듣는다면
다시는 잘 모르는 것을 시도하거나 궁금해 하지 않을지도 모른다.

이제 진하게
색칠 잘하지?

다른 아이들보다 생일이 느린 연우는
처음 어린이집에 갔을 때
또래 아이들에 비해 정말 아기 같았다.
연우와 동갑이지만 3월생이나 4월생인 아이들은
연우를 막내 동생 대하듯,
"연우야! 울지 마. 내일 또 와!"
"연우야! 밥 다 먹었어?"
그렇게 다정하게 연우를 챙겨줬다.

연우는 어릴 때부터 색칠 공부를 좋아했다.
사인펜은 대충 칠해도 색이 잘 나오지만
크레파스는 손에 힘이 없으면 색이 잘 안 칠해지기 때문에
네 살 연우는, 주로 크레파스보다 사인펜으로 그림을 그렸다.
그런데 어느 날,
연우가 크레파스가 선명하게 칠해진 그림 한 장을 들고 왔다.
거기엔 선생님의 메모도 적혀 있었다.

'연우가 이제 손가락 힘이 세져서 색칠 공부도 참 잘해요.'

아, 그 말 한마디가 어쩌나 기분이 좋던지.

"연우야! 이거 연우가 그린 거야?"

"응. 아빠! 진하게 잘했지?"

"역시, 우리 연우 최고라니까!"

어느 날, 밥 한 그릇을 뚝딱 비운 아이를 보면
엄마, 아빠는 기분이 좋고
꼬물거리며 혼자서 양말을 신는 모습을 보면
엄마, 아빠는 기분이 좋아진다.
작은 손으로 연필을 잡고 처음으로
'엄마', '아빠'라는 글자를 그려 와도
엄마 아빠는 기분이 좋다.
'언제 크나?' 싶었는데
어느새 무럭무럭 자라있는 걸 보면
기분이 참 좋다.

열 발자국만 더 오면
업어줄게!

산책을 자주하는 우리 가족은
토요일 아침 9시면 집을 나와 저녁 6시까지 걸어 다닌다.
남산 소월길을 걸어서 남대문에 도착하면
호떡을 한 개 사먹고,
명동에 가서 〈할머니 국수〉집에서 두부 국수를 먹고,
〈하라 도너츠〉 2층에 가서 도너츠를 먹으며 책을 읽는다.
그리고 다시 명동, 남대문, 소월길로 걸어서 집에 오면
저녁 6시가 넘는다.

다섯 살 연우는 처음엔 걷다가 유모차를 타기도 하고
또 걷다가 힘들다고 하면 엄마, 아빠가 번갈아 가면서 업어주는데
그럴 때마다 우리는 이렇게 말한다.
"연우야! 열 발자국만 더 오면 업어줄게!"
"하나, 둘, 셋…… 아홉, 열!"
그러면 자연스럽게 숫자 공부도 되고
서로 약속한 걸 지킬 수 있어서 더 의미가 있다.

72

집을 놀이터로 만들지 말자.
부모가 좀 귀찮더라도 아이와 함께 산책을 하면
동화책에서 보는 꽃이 아닌 진짜 꽃을 볼 수 있고
텔레비전에서 보는 시장이 아니라 진짜 시장을 구경할 수 있다.
꼭 멀리 나가야 자연을 볼 수 있고 세상 구경을 할 수 있는 게 아니다.
집 밖으로 나오면 그곳이 자연이고
거기가 바로 세상이다.

아빠는
잠꾸러기야?

난 종종 늦게까지 글을 쓰거나
술을 마시고 늦게 집에 들어올 때가 있다.
방송 녹화가 있는 날이면 새벽에야 들어오곤 한다.
그렇게 새벽에 들어온 날에도
연우는 아침 8시만 되면 날 깨우면서 한마디 한다.
"아빠는 잠꾸러기야?"
난 그 말만 들으면 자리에서 벌떡 일어난다.
"아니, 아빠 잠꾸러기 아니야."
그리고 최대한 정신을 차리고 연우랑 밥도 먹고 같이 논다.

그래서 혹시 연우가 늦게 일어나는 날이면
나도 연우에게 조용히 말한다.
"연우는 잠꾸러기야?"
그럼, 연우도 벌떡 일어나면서 말한다.
"아니, 잠꾸러기 아니야."

아빠들이 주말을 기다리는 것처럼
아이들도 마찬가지로 주말을 기다린다.
오로지, 아빠와 재밌게 놀기 위해서.
아빠들이여, 주말에는 잠꾸러기가 되지 말자.

친구 머리에
영어가 쓰여 있어!

"아빠, 친구 머리에 영어가 쓰여 있다!"
연우가 어린이집에 갔다 오자마자 나에게 한 말이었다.
"영어가 쓰여 있다고?"
"응. (손으로 알파벳 흉내를 내면서)
이렇게 이렇게 꼬불꼬불 쓰여 있어!"
"친구들끼리 장난으로 쓴 거야?"
"아니! 머리에 영어가 쓰여 있다니깐."

난 무슨 말인지 몰라서, 어떻게 대답을 해야 할지 한참을 망설였다.
"연우야, 그림으로 한번 그려 봐. 머리에 어떤 영어가 쓰여 있는지."
"이렇게 얼굴이 있고,
이렇게 (동그라미와 S자를 그리며) 영어가 쓰여 있다고."
무슨 말인가 했더니, 친구 한 명이 파마를 하고 왔는데
연우 눈에는 그 꼬불꼬불한 머리카락이 알파벳처럼 보였나 보다.
"연우도 머리에 영어 써 줄까?"
"응. 나도 그렇게 예쁘게 하고 싶어."

아이가 하는 말을 이해할 수 없을 때는
아이에게 그림을 그려서 설명해보라고 하면
아이의 말을 빨리 이해할 수 있다.
아이들의 상상력은 아빠가 절대 따라갈 수 없다.
그럴 때는 보이지 않는 말로 얘기하기보다
그림을 그려가면서 대화를 나눠보자.

어느 날의 일기 #2

연우가 태어나면서 나는 육아와 교육에 관심을 갖게 됐다.
〈우리 아이가 달라졌어요〉라는 프로그램은
아빠가 되기 전에는 전혀 관심 없던 프로그램이었는데
아빠가 되고 나니 새롭게 보였고, 관심을 갖고 보게 됐다.

그 프로그램에는 정말 심각한 문제를 갖고 있는
아이들이 가끔 출연했다.
여동생을 연탄집게로 때리고
하루 종일 할머니에게 침을 뱉는 일곱 살 남자 아이부터
원하는 것을 얻지 못하면 엄마의 머리를 잡아 뜯고
옷을 모두 벗고 돌아다니는 네 살 여자 아이까지……
정말, 너무 너무 심한 문제를 갖고 있는 아이들이 많이 나왔다.
그런데 그런 아이들이 두세 달 만에
천사 같은 아이로 바뀌는 것을 보고
처음에는 조작이라는 생각까지 들었다.

그렇지 않고서야, 어떻게 저런 망나니 같은 꼬마가

천사 같은 아이로 바뀔 수 있을까?

아이들이 달라지는 게 신기하기도 하고

좀 더 자세한 얘기가 궁금하던 차에

그 프로그램을 맡고 있는 후배 작가를 만날 수 있었다.

"나 정말 궁금한데, 〈우리 아이가 달라졌어요〉에 나온 애들

어떻게 달라진 거야? 약간 과장도 있는 거지?"

"아뇨. 그런 거 없어요. 다 리얼이에요."

"그럼, 그 연탄집게로 여동생 때리고 할머니한테 계속 침 뱉는 아이,

걔는 어떻게 두 달 만에 천사로 변한 거야?"

"아, 대부분 솔루션이 아빠예요."

"아빠? 아빠가 왜?"

"아무리 망나니 같은 아이라도 아빠가 놀아주면 변해요."

"그냥 아빠? 단순히 아빠가 놀아주는 것만으로 아이가 변한다고?"

"네. 아빠요. 아빠가 답이에요.

그 아이는 아빠와 떨어져서 살고 있었거든요.

아빠가 한 달에 두 번만 집에 왔는데,

아이는 그게 너무 불만이었던 거예요.

그래서 그때부터 아빠가 매일매일 집에 와서 아이와 놀아줬더니

두 달 만에 아이가 정말 천사 같은 아이로 변했어요.

다른 거 없고, 그냥 아빠가 놀아준 것만으로 아이가 변한 거예요.

선배님도 아이랑 많이 놀아주세요.

그게 최고의 교육이에요."

아이는 엄마가 낳고 엄마가 키우는 줄 알았는데

아빠의 역할이 그렇게 중요하다니.

난 그때부터 육아책을 사보기 시작했고

아이와 대화하려면 어떻게 해야 하는지,

눈높이는 어떻게 맞춰야 하는지 고민하기 시작했다.

정말 많은 육아책들을 봤지만 대부분 내용이 너무 어려웠다.

'과연 아이의 심리를 알아야만 아이와 잘 놀 수 있을까?'

'아이의 심리를 알아야만 아이와 대화가 가능할까?'

육아책에서 필요한 부분만 메모를 해두고

난 나름의 결심을 했다.

최대한 아이와 대화를 많이 하고,

아이의 이야기를 잘 들어주는 아빠,

그리고 평일은 바쁘더라도 주말에는 아이와 함께 노는 아빠가 되기로.

아빠!
내가 치료해줄까?

하루는 밤에 연우가 열이 많이 났다.

"연우야 어디 아파?"

"이마랑 목이랑 아파."

"그럼 아빠가 치료해줄까?"

"응. 주사도 놓을 거야?"

"아니, 주사는 내일 아침에 병원에 가서 의사 선생님께 물어봐야지.

아빠가 어떻게 치료해줄까?"

"음… 반창고 붙여줘."

"어디에 붙여줄까?"

"이마랑 목이랑."

"알았어. 아빠가 이마랑 목에 반창고 붙여줄게.

반창고 붙인 다음에 해열제 먹고 코~ 자자."

연우는 그렇게 이마와 목에 반창고를 붙이고

해열제를 먹고 잤는데

다음날 아침, 연우는 목도 안 아프고 열도 없고

정말 씻은 듯이 나아 있었다.

"아빠! 반창고 붙이니까 나 이제 안 아파."

요즘 연우는 간혹 내가 아프다고 하면 바로 반창고를 가져와서

"아빠, 내가 치료해줄까?"라고 묻는다.

그리고 아무 데나 반창고를 붙여준다.

그럼 나는 희한하게 웃음이 나고, 아픈 게 다 나은 기분이 든다.

아이가 아프면 병원에 가서 의사의 진단을 받아야 하지만
아이의 마음이 아프지 않게 치료해주는 것도 중요하다.
마음 치료는 의사 선생님보다 엄마, 아빠가 더 잘 할 수 있다.
아픈 것에 놀라지 않게 아이를 안정시켜주고
아이가 원하는 대로 마음 치료를 먼저 해주자.

아빠는
몰랐는데!

"아빠, 페스트가 뭔지 알아?"

"페스트? 글쎄?"

"쥐 때문에 생긴 병이야. 그래서 손을 깨끗이 씻어야 된대."

"그래? 아빠는 몰랐는데. 연우 대단하다. 어린이집에서 배웠어?"

"응. 선생님이 알려줘서 내가 배웠어."

"아빠, 엔진포스는 자동차가 로봇으로 변하는 거야."

"아… 그게 엔진포스구나. 연우도 갖고 싶어?"

"괜찮아. 난 라푼젤 인형이 더 좋아."

"연우야! 나중에 재밌는 거 있으면 아빠한테 또 알려줘, 알았지?"

"응. 내가 아는 거 있으면 또 알려줄게."

부모가 아이에게 가르쳐 주는 것도 교육이지만
아이에게 가르쳐 달라고 하는 것도 좋은 교육이다.
아이가 스스로 설명하고,
누군가에게 가르쳐준 지식이
아이의 마음속에 더 오랫동안 남아있을 수 있으니까.

아빠!
나 용기가 생겼다!

다섯 번째 생일을 맞은 연우가 어린이집에서 생일 파티를 했다.
그리고 그날 집에 와서 나에게 자랑을 했다.

"아빠 나 이제 '용기'가 생겼다!"
"용기? 어떻게 용기가 생겼지?"
"어린이집 친구들이 생일 선물로 용기를 줬어."
"와! 좋겠다. 근데 용기를 어떻게 줬어?"
"친구들이 동그랗게 모여서 '우리 연우에게 용기를 주자 얍!' 그래서
용기가 생겼지!"
"그럼 이제 용감한 어린이가 된 거야?"
"응. 나 이제 혼자 쉬하러 갈 수도 있고, 혼자 자도 안 무서워!
아빠 마트 갔다 올 거면 갔다 와. 나 혼자 집에 있어도 되니깐."

'용기'라는 말은 두 글자밖에 안 되지만 참 갖기 힘든 말이다.
아이들은 한두 번 해보다가 힘들면 포기하게 되는데
그때 "다시 한 번 용기를 내봐."라고 얘기해주면
아이는 또 한 번 도전하게 된다.
아이가 용기를 갖고 나면
새로운 일에 대한 두려움이 없어지고,
쉽게 포기하지도 않게 된다.
아이에게 '용기'를 주자!

언제 봤다고
오빠야!

연우가 남자와 여자를 구분하고
남녀 차이에 관심이 많던 어느 날,
함께 이태원에 있는 레스토랑을 갔는데
머리가 긴 남자 종업원이 있었다.
"연우야! 저 오빠한테 가서 '물 주세요!'라고 말하고 와."
"(귓속말) 엄마! 저 사람 남자야?"
"응. 남자야."
"근데, 남자가 왜 머리가 길어?"
"남자도 머리 길러도 돼."
"아니야. 남자는 머리가 짧고, 여자가 머리가 긴 거야."
"남자도 머리 기르고 싶으면 길러도 돼.
그러니까 가서, '오빠! 물 주세요!' 하고 와."
"엄마, 근데 저 사람 언제 봤다고 오빠야?"

쩝, 결국은 아내가 가서 물 한 잔 달라고 말했다.

다섯 살이 넘으면 자기주장이 강해지고
나름 자기만의 논리라는 게 생긴다.
귀찮다고 대충 설명해주면
아이들은 머릿속에 혼란이 생긴다.
아이가 잘 이해하고 자기주장을 펼 수 있도록
아이의 말을 잘 들어주면서 대화하는 것이 좋다.

아빠 최고!

연우는 어릴 때부터 얼음을 좋아했다.

연우뿐만 아니라 네다섯 살 아이들은 모두 얼음을 좋아한다.

아이들은 얼음을 가지고 노는 것도 좋아하고

얼음을 먹는 것도 좋아한다.

차갑고 딱딱한 것이 입 안에서 사르르 녹으면

그것만으로도 얼음은 참 신기하고 재밌는 놀이도구다.

연우가 태어나서 처음으로 〈배스킨라빈스〉에 간 날.

평소 딸기를 좋아하는 연우를 위해서

딸기 맛인 〈베리베리 스트로베리〉 아이스크림을 사줬다.

연우는 아이스크림을 한 입 먹자마자

눈이 동그래지더니 엄지손가락을 치켜세웠다.

그리고 또 한 숟가락을 퍼 먹더니

'세상에 이런 맛이 있었다니' 하는 표정으로

또 한 번 엄지손가락을 치켜세우며

"아빠 최고!"를 외쳤다.

"연우야! 그렇게 맛있어?"

"최고!"

연우는 마치 신세계를 맛본 듯한 표정으로
엄지손가락을 치켜세우며 춤을 췄다.

그래, 그 첫 맛! 꼭 기억해라.

아이들은 아이스크림을 좋아한다.

시원하고 달콤하니까.

아이들에게 달콤한 맛의 기억은 아빠가 만들어주자.

좋은 음식, 맛있는 음식을 아빠와 함께 처음 먹었다는 건

아이들에게 잊지 못할 선물이 된다.

와!
예쁘겠다!

여자 아이들은 어린이집에 갔다 오면 수다쟁이가 된다.
남자 아이들에게 "오늘 뭐하고 놀았어?"라고 물어보면
대부분 "종이 오리고, 붙이고, 매일 똑같지 뭐."라고 대답하는데
여자 아이들은 다르다.
"연우야! 오늘 어린이집에서 재밌었어?"
"아빠! 지수가 머리띠를 가져왔는데 반짝거리는 하트가 붙어 있어."
"와! 예쁘겠다!"
"하은이는 머리가 길어서 라푼젤같이 파마했다."
"연우도 파마하고 싶어?"
"응. 라푼젤처럼 길게! 근데 엄마가 나 아직 어려서 안 된대."
"그럼 여섯 살 때 하면 되겠다!"
"아빠, 나 여섯 살 되려면 몇 밤 자야 돼?"
"음… 백 밤!"

아, 어찌나 수다스러운지,
그 날 있었던 얘기만 해도 끝이 없다.

아이에게 감시하듯이 질문을 하면
아이는 얘기하기 싫어한다.
아이의 말에 같이 흥분해주고, 같이 웃고, 같이 걱정해주면
아이는 신나서 이야기를 한다.
그리고 아이는 기분이 좋은 날이면
없는 이야기도 지어서 얘기할 만큼 말을 많이 한다.
아이에게 이야기의 즐거움을 알게 해주자.

나도 알아!

어린이집을 2년쯤 다니던 어느 날부터
연우는 이 말을 하기 시작했다.
"연우야! 밥 먹을 때 콩도 먹어야지."
"나도 알아."
"연우야! 밖에 추우니까 장갑 끼고 나가자."
"나도 알아."
"사탕 먹었으니까 치카치카 하자."
"나도 알아."

그래서 나도 연우에게 똑같이 말했다.
"아빠! 나 그림 그리고 싶어."
"나도 알아."
"아빠! 나 물 주세요."
"나도 알아."
"아빠! 나 따라하지 말아 줄래?"
"어? 어. 알았어."

의미 없는 말장난이라도
아이와 계속 교감을 하는 게 중요하다.
아이가 갑자기 어른스러운 말을 할 때가 있는데
그럴 땐, 당황하지 말고 조용히 아이의 말을 들어보는 게 좋다.
대부분 자세한 뜻을 모른 채 하는 말이니
혹시 잘못된 말을 한다면 다정하게 바로잡아주자.

다시 한 번
도전해볼까?

바람 부는 어느 날, 여의도 둔치에서
연우와 처음으로 연을 날렸다.
오랜만에 연날리기를 했는데
생각보다 연이 하늘 높이 잘 날았다.
"아빠, 나도 해보고 싶어."
"그래, 이렇게 잡고… 연우가 당겨봐."
"이건 아빠가 한 거잖아. 나도 처음부터 해보고 싶어."
"그래 알았어. 이건 아빠 연이니까 연우 연도 하나 사자."

우리는 연을 하나씩 들고 연날리기를 했는데
연우의 연이 하늘로 잘 안 올라가자 연우가 짜증을 냈다.
"아빠는 잘 되는데 내 거는 안 되잖아."
"연우야! 그럼 아빠랑 다시 도전해볼까?"
"응. 아빠가 도와줘."
"자, 바람 불 때 이렇게 연을 올려서……."
"어! 하늘로 올라간다!"

"어때? 재밌지?"

"응. 재밌어 아빠! 나 잘하지?"

"여섯 살 중에는 연우가 제일 잘한다!

안 되면 다시 도전하면 되는 거야. 알았지?"

"응! 알았어!"

아이의 능력보다는 노력을 칭찬해주는 게 중요하다.
능력은 자기 의지로 쉽게 바꿀 수 없지만
노력은 자기 의지로 가능하니까.
안 되면 다시 도전하고, 또 도전하고…….
그렇게 여러 번의 노력 끝에 얻은 성공이
더 즐겁고 값지다는 걸 아이가 깨달을 수 있게
아이의 도전을 응원해주자.

우린
같은 팀이잖아!

어느 일요일 저녁, 드라마를 보다가
문득 돌아가신 엄마 생각이 많이 나서
나는 몰래 침대에 가서 울고 있었다.
그런데 연우가 조용히 다가와 나에게 물었다.
"아빠, 왜 울어?"
"음… 아빠 엄마 보고 싶어서."
"아빠 엄마는 어디에 있는데?"
"하늘나라에 가셨는데 많이 보고 싶어서……."
"아빠 내가 안아줄게. 울지 마."
"고마워."
"괜찮아 아빠. 우리는 같은 팀이잖아."
여섯 살 이연우가 나에게 해준 그 말이
그 어떤 말보다 위로가 됐다.
그날 이후, 난 연우가 날 필요로 할 때면
언제나 연우의 귀에 속삭여준다.
"연우야! 힘내! 우린 같은 팀이잖아!"

아이들은 다섯 살이 넘어서면 편을 가르며 논다.
어린이집에서 놀다보면, 친한 친구가 우리 편이 되기도 하고
때론 다른 편이 되기도 한다.
어릴 때부터 편을 가르는 건 좋지 않지만
우리 팀에 대한 소속감을 갖는 건 중요하다.
부모와 아이가 '같은 팀'이라는 말을 자주 해주면
아이는 소속감이 생기고
부모와의 정서적 유대감을 느끼게된다.

안녕하세요?

연우는 마트에 가면 꼭 인사를 한다.

"안녕하세요?"

그럼 마트 주인아저씨가

"아이고! 인사도 잘하네. 사탕 한 개 줄까?" 하며

알사탕을 주신다.

연우는 택시 탈 때도 꼭 인사를 한다.

"안녕하세요?"

그럼 택시 아저씨가 연우를 돌아보며 말한다.

"인사 잘하네. 몇 살이야?"

"여섯 살이요!"

"아이고 예뻐라! 할아버지 손녀랑 나이가 똑같네! 껌 먹을래?"

인사를 할 때마다 칭찬 받은 기억이 많다 보니

연우는 인사를 더 잘하게 됐다.

인사는 시킨다고 되는 게 아니다.
일단 엄마, 아빠가 인사를 잘하면 아이도 인사를 잘한다.
평소에 엄마, 아빠가 인사를 잘 안 하면서
아이에게 인사를 하라고 가르치면
아이들은 인사의 필요성을 못 느낀다.
아이보다 먼저, 부모가 인사를 잘하는 사람이 되자.

아빠,
나 향기 냄새 나지?

연우가 양치질을 하고 나면

나에게 쪼르르 달려와서 하는 말.

"아빠, 나 향기 냄새 나지?"

"어디, 하~ 해봐."

"하~~~"

"음~ 정말 향기로운데~"

"아빠, 나 이제 치약 맵지만 참을 수 있어!"

연우는 24개월이 지나면서 양치질을 시작했다.

처음에는 자꾸만 치약을 다 먹고 칫솔을 깨물기만 해서

내가 연우의 이를 닦아줬다.

그런데 깨끗이 닦아주려고 욕심을 내다가 그만,

연우의 잇몸에 피를 내고 말았다.

너무 놀라 칫솔을 자세히 살펴봤는데

어린이용 칫솔인데 칫솔모가 너무 딱딱한 것 같았다.

그래서 난 그날부터 어린이 칫솔을 개발하기 시작했다.

면처럼 부드러운 소재부터 찾기 시작했고
아이들이 질겅질겅 씹어도 양치질이 되는 소재도 찾아다녔다.

일단, 면으로 된 칫솔은 다 좋은데
젖은 상태로 있으면 세균 번식이 활발할 것 같아서 포기했고
껌처럼 질겅질겅 씹으면서 양치질하는 건,
구석구석까지 양치질이 되지 않을 것 같아서 포기했다.
난 연우의 잇몸을 다치게 한 게 너무 미안해서
한 달 정도 칫솔질을 하지 못하게 했다.

그런데 일곱 살이 된 지금,
연우가 다니는 어린이집에서
충치가 없는 어린이는 신기하게도 연우 한 명밖에 없다.
비결이 있다면, 원래 과자를 별로 안 좋아하고
또 간식으로 생무를 자주 먹어서가 아닐까?

아이들에게 양치질하는 습관은 매우 중요하다.

아이에게 '치카치카'하는 습관을 들이기 위해서는

아빠가 양치질하는 시간을 즐겁게 만들어주면 된다.

함께 노래를 흥얼거리면서 양치를 하고

때로는 엉덩이를 씰룩씰룩하면서

'치카치카'의 즐거움을 알려주면

아이에게 양치하는 시간은 즐거움이 된다.

단, 아이가 아무리 사랑스럽더라도 충치가 있는 아빠는

아이의 입에 직접 뽀뽀를 하지 않는 것이 좋다.

충치균이 옮을 수도 있으니까.

막걸리가
될 거야!

"연우 커서 뭐 될 거야?"라고 물어보면
연우는 네 살 때부터 항상 "막걸리!"라고 대답했다.
처음에는 왜 이런 대답을 할까 한참 고민했는데
알고 보니 장인어른께서
"연우야! 연우 크면 할아버지 막걸리 사줄 거지?"
라는 말씀을 자주 하셨다고 한다.
그래서 연우는 막걸리가 제일 좋은 건 줄 알고
누군가 "연우는 커서 뭐 되고 싶어?"라고 물어보면
"막걸리!"라고 대답하곤 했다.
다섯 살 때까지도 연우의 꿈은 '막걸리'였는데
'막걸리'라고 할 때마다 사람들이 자꾸만 웃었더니
여섯 살이 되자 꿈을 '화가'로 바꿨다.
여섯 살 생일 때는 '드레스 디자이너'가 되고 싶다고 하더니
어느 날 방송에서 김연아 선수의 피겨 스케이팅 연기를 보고
연우는 또 다시 꿈을 바꿨다.
일곱 살 1월 3일, 연우의 꿈은 '김연아 언니'가 되는 것이다.

아이들의 꿈은 하루에 열두 번도 더 바뀐다.
아이의 꿈이 하찮다고 해서 실망한 표정을 보이면 안 된다.
그럴수록 아이들은 부모가 좋아하는 꿈을 말하려고
거짓 꿈을 말하게 된다.
어차피 어른이 되면 달라질 꿈,
재밌는 상상을 많이 하고
다양한 꿈을 가질 수 있도록 지켜봐주자.

아빠가
로봇이 돼줄게!

주말이면 난 가끔 연우의 로봇이 된다.

"자, 지금부터 아빠가 로봇 해줄 테니까 연우가 아빠를 조종해봐."

그러면 연우는 신이 나서 나를 조종하기 시작한다.

"앞으로 가! 멈춰!"

"삐리삐리. 어디로 갈까요? 삐리삐리."

"계속 앞으로 가! 오른쪽, 아니 왼쪽!"

"길이 막혔습니다. 삐리삐리."

"뒤로 돌아! 앞으로 가!"

"알겠습니다. 삐리삐리."

연우는 그렇게 남산 공원까지 올라가는 동안

오른쪽과 왼쪽의 개념을 확실히 익혔다.

"아빠, 내가 징검다리 건널 때 아빠가 손 잡아줘."

"알겠습니다. 삐리삐리. 다리 아프면 업어줄까요? 삐리삐리."

"응! 앉아! 이제 일어서! 앞으로 출발!"

그렇게 함께 놀고 집으로 가는데, 연우가 나를 불렀다.

"아빠, 나 아이스크림 사줘."

"삐리삐리. 로봇은 돈이 없습니다."

"그럼 이제 아빠하면 안 돼?"

"안 됩니다. 오늘은 로봇입니다. 삐리삐리."

그렇게 한 시간 동안 산책도 하고 로봇 놀이도 하면
연우의 입에서 "아빠 최고!"라는 말이 절로 나온다.

어릴 때는 친구 같은 아빠가 가장 좋은 아빠다.

물론 아이에게 예의를 가르치는 것도 중요하지만

아빠와 친구처럼 지낸다고 해서 예의가 없는 아이는 아니다.

예의를 너무 강조하다 보면, 아빠와 아이는 친해지기 힘들다.

아빠와 아이가 친해진 다음에 예의를 가르쳐도 절대 늦지 않다.

한 달에 한 번, 아니면 일주일에 한 번 아이의 로봇이 되어 보자.

아빠,
왜 귤 크기가 달라?

연우가 거실에서 만화영화를 보고 있었다.

"연우야, 귤 먹을래?"

"응."

"자! 귤 먹으면서 봐!"

난 귤 다섯 개를 갖다 줬다.

"아빠, 근데 귤 크기가 왜 달라?

큰 게 아빠 귤이고 작은 게 아기 귤이야?"

"음… 그런 건 아니고 그냥 큰 귤도 있고 작은 귤도 있는 거야."

"왜? 큰 귤은 힘이 센 귤이야?"

"그런 건 아니고. 연우 친구 중에 키가 큰 친구도 있고

키가 좀 작은 친구도 있지?"

"응. 예준이는 나보다 더 커."

"그렇게 다 다른 거야. 사람 키가 다 다른 것처럼

귤도 다 다른 거야."

"아~ 그렇구나. 근데 다 맛있다. 헤헤."

아이들은 수시로 궁금증이 생긴다.

또 아주 사소한 걸로 큰 깨달음을 얻기도 한다.

그래서 부모는 아이의 말에 귀를 기울일 필요가 있다.

어린이집에서 배우는 것보다

일상생활에서 배우는 게 더 많기 때문이다.

아이들이 일상생활에서 얼마나 다양한 지식을 쌓는지,

그건 전적으로 부모에게 달려있다.

어느 날의 일기 #3

어린이집에서 연락이 왔다.

"아버님, 이번 학기에 아버님께서 〈아빠 참여수업〉해주시면 어떨까요?"

"〈아빠 참여수업〉이요? 그게 뭔데요?"

"아버님께서 아이들에게 한 시간 동안 수업을 해주시는 거예요."

"네? 제가요? 무슨 내용으로……."

"그건 아버님께서 정하시면 되고요.

작가님이시니 글 쓰는 얘기나

아니면 뮤지컬 제작하셨으니까 뮤지컬 얘기도 좋고요.

아버님이 얘기해주시면 아이들이 모두 좋아할 거예요."

그렇게 갑작스런 제안을 듣고 며칠간 고민을 했다.

'어떤 얘기를 해줘야 아이들이 좋아하고,

연우가 아빠를 자랑스럽게 생각할까?'

고민 끝에 난, 내가 썼던 어린이 뮤지컬 〈고고씽 채소나라〉를

혼자 성대모사를 해서 들려주기로 했다.

그리고 드디어 〈아빠 참여수업〉을 하는 날.

난 오랜만에 양복을 꺼내 입고 아이들을 만나러 갔다.

아이들이 모두 날 기다리고 있었고,

선생님께서 아이들에게 나를 소개해주셨다.

"오늘은 연우 아버님께서 선생님이 되어주실 거예요.

우리 나무반 친구들 모두 선생님 말씀 잘 들을 준비됐죠?"

"네네. 선생님!"

아이들 목소리가 우렁차게 들렸다.

"그럼 연우 아빠, 선생님을 큰 박수로 모셔볼게요. 박수!"

아이들의 박수를 받으며 앞으로 나갔는데

정말 너무 쑥스럽고 당황스러웠다.

"안녕하세요. 아저씨는 이연우 아빠랍니다."

그런데 그때 한 아이가 소리를 질렀다.

"연우 아빠 콧수염 났다! 우리 아빠도 콧수염 있는데."

그러자 아이들이 서로서로 자기 아빠 자랑을 했다.

"우리 아빠는 턱에도 수염이 있어요!"

"우리 아빠는 코에도 있고 턱에도 있고 얼굴에도 수염이 있어요!"

"우리 엄마는 (겨드랑이를 보여주며) 여기에도 수염이 있어요!"

난 아이들의 예상치 못한 얘기에 당황했고

등에서는 땀이 주르륵 흘렀다.

"와! 아빠들 수염 멋있죠? 아저씨가 오늘 준비한 얘기는……."

"선생님! 우리 엄마는 (중요 부위를 가리키며)

여기에도 수염이 있어요!"

순간, 교실에는 적막이 흘렀다.

나도, 선생님도, 아이들도 잠시 할 말을 잃었다.

"그래 그래. 어른이 되면 누구나 수염이 나는 거예요. 하하하하"

난 그렇게 간신히 이야기를 마무리했다.

"아저씨는 글을 쓰는 작가예요.

오늘은 아저씨가 〈고고씽 채소나라〉라는 이야기를 준비했어요."

내가 이야기하는 동안에도 아이들은 계속 자기 얘기를 했다.

"난 내 이름도 쓸 수 있어요."

"우리 아빠 이름은 김창식이에요. 전 아빠 이름도 쓸 수 있어요."

아이들이 계속 자기 얘기를 했지만,

난 내가 준비한 이야기를 이어나갔다.

"평소에 콜라와 햄버거를 좋아하던 똘이가 있었는데

어느 날, 똘이가 냉장고 나라에 있는 두부와 토마토 그리고 시금치

를 만나서 채소나라로 여행을 떠나는 이야긴데요……."

내가 준비한 이야기는 원래 30분짜리 이야기였는데

아이들이 워낙 많이 끼어들어서 얘기가 중간에 어떻게 됐는지

모르지만, 이야기가 15분 만에 끝나버렸다.

생각보다 이야기가 너무 빨리 끝나, 나는 더 난감했고

셔츠는 이미 땀으로 다 젖어 있었다.

나는 선생님을 향해 말했다.

"저기요. 선생님! 이야기가 갑자기 끝나버렸는데 어떡하죠?"

"그럼 아버님께서 아이들 비행기 태워주셔도 되는데…

아이들이 비행기 태워주는 거 정말 좋아하거든요."

"비행기요?"

난 재킷을 벗어두고 나무반 아이들과 꽃잎반 아이들 스무 명을

번쩍 들어 올리며 비행기를 태워줬고

결국 그날 몸살에 걸렸다.

그렇게 아이들을 모두 비행기를 태워주고

점심 배식까지 도와 드린 후, 아이들과 함께 점심을 먹었는데

한 아이가 깨끗이 비운 식판을 가지고 오더니 말했다.

"아빠 선생님! 저 김치까지 다 먹었어요!"

그렇게 자랑을 하자, 다른 아이들이 그 모습을 보더니

전속력으로 밥과 국, 김치를 후루룩 마시기 시작했고

모두 달려와서 "연우 아빠 선생님! 저도 다 먹었어요!"라고 말하며

빈 식판을 나에게 보여줬다.

"잘했어! 잘했어! 모두 씩씩하구나! 하하하!"

그렇게 〈아빠 참여수업〉은 끝이 났다.

어떻게 수업을 했는지 기억이 하나도 안 나서

그날 저녁, 연우에게 물어봤다.

"연우야! 오늘 아빠 어땠어?"

"최고! 친구들이 아빠 힘세서 좋대."

"아빠가 얘기해준 〈고고씽 채소나라〉 재미있다는 친구는 없어?"

"응. 아빠 비행기 태우는 거 힘 정말 세대."

아, 정말 너무 서운했다.

혼자서 얼마나 열심히 연습한 구연동화였는데……

그런데 그해 가을 어린이집에서 진행하는 〈아빠 캠프〉에 갔다가

연우 친구인 리우의 엄마에게 반가운 얘기를 들었다.

"그때, 연우 아빠 얘기를 듣고서 우리 리우가 한동안 콜라를

안 마셨어요.

콜라 마시면 안 좋다고 연우 아빠가 얘기해줬다고.

그리고 토마토를 절대 안 먹었는데 연우 아빠가 먹으라고 했다고

토마토를 먹더라고요."

그 얘기를 듣는데, 어찌나 뿌듯하던지.

잘 보이지 않지만 아이들에게는 모든 게 스며든다는 생각이 들었다.

저 아저씨,
나 때문에 넘어진 거잖아

어린이날, 가족이 함께 어린이대공원에 갔는데
역시나 사람이 너무 많았다.
어린이날인데 어린이보다 어른들이 더 많았다.

어린이대공원에는 아이들과 즐겁게 노는 어른들도 많았지만
술에 취한 아저씨들도 많았다.
그런데 한 아저씨가 비틀비틀 걸어오다가
연우가 타고 있던 유모차에 걸려서 넘어졌다.
아저씨는 술에 취해 있었고
나는 얼른 다가가서 아저씨를 일으켜드렸는데
갑자기 연우가 큰소리로 울었다.
"어이구, 아기가 놀랐구나. 아저씨가 미안해."
"아저씨 괜찮으세요?"
아저씨는 바지를 툭툭 털고 일어나더니
"괜찮아, 괜찮아." 하며 어디론가 가버리셨다.
"연우야 괜찮아?"

"앙~"

"연우야 울지 마. 연우 어디 다쳤어?"

"아니. 저 아저씨 나 때문에 넘어졌잖아. 앙~"

"아저씨 괜찮으시대."

"아니야. 나 때문에 넘어진 거야. 앙~"

난 연우를 한참 동안 안아줬다.

"아저씨가 괜찮다고 하셨어. 연우 때문에 넘어진 게 아니라
유모차에 걸려서 넘어진 거니까 울지 마.
아빠가 유모차 혼내줄게. 응?"

연우는 그날, 한참을 울었지만
연우가 누군가에게 미안해하는 모습을 보니
왠지, 연우의 마음이 조금씩 성장하고 있는 것 같아서 기분이 좋았다.

아이들은 보이지 않는 곳에서 조금씩 조금씩 성장한다.
미안한 마음을 갖는 것,
자기 잘못 때문에 스스로 울게되는 것,
그래서 반성하게 되는 것,
이 모든 것들은 아이들이 겪어내야 하는 성장통이다.
아이들이 성장하는 동안 아빠가 든든하게 옆에 있어주면
조금 덜 아픈 성장통이 되지 않을까?

무당벌레가
작은 게 아니야!

한강 공원에 산책을 가던 중 연우가 갑자기 발걸음을 멈췄다.

"아빠, 여기 무당벌레가 있어."

"어디? 와, 진짜 무당벌레다."

큰 나무에 작은 무당벌레가 스멀스멀 기어가고 있었다.

어른 눈에는 잘 안 보이는데

어떻게 아이들 눈에는 작은 것도 잘 보이는 걸까?

"아빠, 무당벌레 가족들은 어디 갔지?"

"글쎄, 애만 혼자 여기서 놀고 있나봐.

무당벌레 진짜 작다, 그렇지?"

"아빠, 무당벌레가 작은 게 아니야. 이 나무가 큰 거야."

"어? 나무가 크니까 무당벌레는 작아 보이는 거 아닐까?"

"그런 게 아니라, 무당벌레는 원래 이만하잖아.

나무는 큰 나무도 있고 작은 나무도 있는데.

그러니까 무당벌레가 작은 게 아니라 나무가 큰 거잖아."

"아…… 그러네. 무당벌레 귀엽다, 그렇지?"

"응. 정말 귀여워!

어렸을 때는 동네 골목길이 참 넓어 보였는데
어른이 되고 나면 동네 골목길이 좁아 보이는 것처럼
아이들에겐 그들만의 기준이 따로 있다.
어려서부터 어른의 기준을 가르칠 필요는 없다.
어른의 기준은 어른이 되면 자연스럽게 알게 되는 거니까.
아이들의 '동심'을 오랫동안 지켜주는 것, 그것이 부모의 할 일이다.

한 개는
친구 줄까?

연우는 형제가 없기 때문에 늘 외로워한다.
어린이집에 가면 친구가 많지만
동네 놀이터에 가면 친구가 거의 없다.
그래서 친구 사귀기가 쉽지 않다.

하지만 혼자가 아니라는 걸 연우에게 알려주기 위해서
과자를 사거나 음료수를 살 때는 꼭 두 개씩 사줬다.
그리고 놀이터에 친구나 동생이나 언니가 오면
나는 연우에게 말했다.
"연우야, 이거 저기 있는 친구 한 개 줄까?"
처음에는 연우가 욕심이 나는지 안 주려고 했는데
모르는 친구에게 과자를 주면
그 친구와 친하게 놀 수 있다는 걸 알게 된 후에는
얼른 친구에게 다가가서 음료수를 건네 줬다.
"연우야! 친구한테 한 개 주니까 어때?"
"친구가 웃었어."

"연우가 친구한테 선물 줬으니까

다음에는 친구가 연우한테 선물을 줄 거야. 괜찮지?"

외둥이 연우에게

먼저 마음을 열면 친구를 사귈 수 있다는 걸 알려줬다.

혼자 자라는 아이는 욕심이 많다.

그래서 친구 사귀기가 쉽지 않다.

그런데 어릴 때부터 친구에게 나눠 주는 연습을 많이 하다보면

친구들 사이에서 인기가 좋은 아이가 된다.

그리고 아이는 받는 행복만 있는 게 아니라

주는 행복도 있다는 걸 알게 된다.

솜사탕은
어디로 사라진 거지?

연우는 과자를 별로 안 좋아하는데 유독 솜사탕을 좋아해서
솜사탕이 눈에 띄면 무조건 사달라고 조른다.

"연우야, 솜사탕 많이 먹으면 이 썩어."

"아빠, 나 솜사탕 좋아한단 말이야. 많이 안 먹을게."

"그럼 엄마한테는 비밀이다!"

난 연우의 애교에 넘어가 또 솜사탕을 사주고 만다.

"연우야 솜사탕이 그렇게 맛있어?"

"응 구름 맛이야. 정말 맛있어."

연우는 그렇게 순식간에 솜사탕을 먹고 신기한 듯 물어본다.

"아빠, 솜사탕이 다 어디로 갔지?"

"연우 배 속으로 다 들어갔잖아."

"아니야! 근데 나 배가 안 불러. 솜사탕이 어디로 간 거지?"

"다 녹아서 연우 배 속으로 들어간 거야."

"나 배가 안 부른데…… 하나 더 사주면 안 될까?"

"두 개 먹으면 연우 배가 뻥! 터질 걸!"

아이들이 논리를 이해하기 시작하면
아빠는 더 많은 대화를 해줘야 한다.
논리적으로 설명해줘야 하는 건, 논리적으로 설명해주고
감성으로 이해시킬 건, 감성으로 이해시켜주면
설탕 한 숟가락이 커다란 솜사탕이 되는 것처럼
아이의 상상력도 순식간에 커진다.

엄마가
할머니 딸이야?

어느 날, 연우는 신기한 듯 나에게 물어봤다.

"아빠! 엄마가 할머니 딸이야?"

"그럼. 엄마는 할머니 딸이지."

"그럼 나도 나중에 엄마가 되는 거야?"

"나중에 연우가 어른이 되면 연우도 엄마가 되지."

"그럼 우리 엄마는?"

"음… 엄마는 그때도 연우 엄마지만… 그때는 할머니가 되겠지?"

"그럼 아빠는 할아버지가 되는 거야?"

"어? 어. 그렇지."

"아빠, 나 빨리 엄마 되면 좋겠어."

"왜?"

"립스틱 바르고 싶어서."

어른들에게는 당연한 사실이
아이들에겐 충격적으로 느껴질 때가 있다.
아이가 엄마가 된다는 사실도
이왕이면 기쁘게 받아들이게 해주자.
그런 의미에서 부모는 아이에게
"내가 너를 힘들게 낳았다!"
"내가 너 키우느라 죽는 줄 알았다!"
그런 부정적인 말은 하지 않는 게 좋다.
딸에게 엄마는 자신의 미래이고
또한 첫 번째 롤모델이니까.

오늘
재밌었어?

어린이집에 다녀온 연우에게
"연우야! 오늘 어린이집에서 뭐했어?"
라고 물어보면 연우는 건성으로 대답한다.
그런데 연우에게
"연우야! 오늘 재밌었어?"
라고 물어보면 연우는 신이 나서 대답한다.
"아빠 오늘 농장에 갔다 왔는데 나랑 하은이랑 큰 고구마 캤다!"
"우와! 고구마 어떻게 생겼어?"
"동그란데… 길쭉해."
"고구마 몇 개 캤어?"
"스물, 열 개."
"진짜 재밌었겠다."

아이들에게 "오늘 뭐했어?"라는 말은
마치 숙제 검사를 하는 것처럼 들리기 때문에
아이들이 반가워하지 않는 말이다.
이 말 대신, 아이에게 "오늘 재밌었니?"라고 물으면
아이는 신나게 그날 있었던 일들을 이야기한다.
그건, 아이가 자랑하고 싶은 일을 묻는 말이기 때문이다.

사람은 누구나
실수할 수 있어!

연우가 물이 가득 들어있는 컵을 들고 장난하다가
물을 쏟아서 아내에게 혼이 났다.
연우는 한동안 손을 들고 벌을 섰고
잠시 후 아내는 연우를 안아주며 "사랑해."라고 말했다.

연우는 나에게 와서 또 한바탕 눈물을 흘렸다.
"연우 왜 울어?"
"물 쏟았다고 엄마한테 혼났어. 으앙!"
"괜찮아 연우야. 사람은 누구나 실수할 수 있는 거야."
"으앙. 나 엄마한테 혼났어, 아빠."
"다음에는 실수 안 할 거지?"
"응."

다음날 아침, 연우가 침대에서 나를 불렀다.
"아빠! 빨리 와봐!"
"아빠딸, 왜?"

"사람은 누구나 실수할 수 있는 거지?"

"그럼. 누구나 실수할 수 있지."

그 말을 듣고 연우가 이불을 들췄다.

노란 지도가 그려져 있었다. 헉! 이 녀석!

"그래 괜찮아! 사람은 누구나 실수할 수 있는 거야."

이불에 오줌을 쌌다고 아이를 혼내지는 않았다.
아이가 이불에 오줌을 쌌을 때는
"다음부터는 잠자기 전에 꼭 쉬를 해야 해."라고
설명해주는 게 중요하다.
잠든 새 자기도 모르게 쉬를 한 걸로 혼이 난다면
아이는 잠자는 것부터 스트레스를 받는다.
잠은 편하게 잘 수 있도록 혼내지 말고,
잠자리에 들기 전에 꼭 화장실을 다녀오게 하는 것이 좋다.

아빠,
하늘에 별이 몇 개야?

연우는 하늘에 있는 별을 볼 때마다 신기한 듯이 묻는다.

"아빠, 저기 별이다! 아빠, 하늘에 별이 몇 개야?"

"별? 엄청 많지!"

"100개 넘어?"

"그럼, 더 많지!"

"그러면 200개 넘어?"

"200개보다 더 많을걸!"

"그럼 백, 천, 오백, 천 개 넘어?"

"그것보다 더 많아. 우리 별 보러 옥상에 올라갈까?"

우리는 별 얘기를 할 때면 늘 옥상에 올라가 별 구경을 한다.

"아빠랑 같이 세어볼까?"

"하나, 둘, 셋, 넷, 다섯……."

그렇게 별을 세며 숫자 공부도 하고

저 먼 우주 이야기도 들려주면

연우는 신기한 듯 밤하늘을 한참 바라본다.

시골에 가면 공기가 좋아서 별이 더 많이 보이겠지만
서울 하늘에도 별은 있다.
아이와 함께 별을 보며 나눈 얘기들은
아이에게는 그 자체로 한 편의 동화책이 된다.
그리고 아이가 좋아하는 것으로 숫자를 알려주면
숫자 공부에 더 흥미를 느끼게 된다.

보물 1호

주말 오후, 연우와 함께 텔레비전을 보는데
'보물 1호'에 대한 이야기가 나왔다.
문득 나도 궁금했다.
"연우야! 연우의 보물 1호는 뭐야?"
"음… 아빠!"
"그럼 보물 2호는?"
"음… 아빠!!"
"그럼 엄마는?"
아내가 소리를 지르며 연우를 째려봤다.
"엄마 짜증내면 말 안 해줄 거야."
아내가 방긋 웃으며 다시 말했다.
"연우야, 엄마는 보물 몇 호야?"
"음… 보물 5호!"

아내는 "꺅!" 소리를 질렀지만, 난 기분이 좋았다.
물론, 내일이면 보물 1호가 또 바뀌겠지만 말이다.

아이들은 매일, 매 순간 마음이 바뀐다.
그런데 아이에게 보물의 의미와 가치를 알려주면,
아이는 소중한 것의 의미도 알게 되고
또 자신도 소중한 보물이 되려고 노력한다.

같이
휘파람 불까?

난 어릴 때부터 연우에게 휘파람을 자주 불어줬다.
놀이터에서 놀 때도 불어줬고
뽀로로, 코코몽 주제가도 휘파람으로 불어줬다.
그런데 어느 날부터 연우가 휘파람을 따라 불더니
지금은 휘파람을 아주 잘 분다.

"연우야! 우리 같이 휘파람 불까?"
"웅! 좋아!"
"그럼 무슨 노래 불까?"
"음… 뽀로로!"

둘이 손을 잡고 휘파람을 불며 산책을 하면
괜히 기분이 좋아지고
둘만의 추억이 쌓이는 것 같아 행복해진다.

휘파람은 가장 간단한 연주이자
아이와 아빠가 함께 불면,
마치 오케스트라가 된 것 같은 기분마저 들게 해
아이와 아빠는 친근감이 생긴다.
함께 피아노를 칠 수 없다면 휘파람이라도 같이 불어보자.
아이와 함께 걷는 산책길이 더 즐거워진다.

난 지금 그 문제를
얘기하는 게 아니란 말이야!

매주 수요일은 어린이집에서 체육을 하는 날이다.

그래서 연우는 수요일만 되면 꼭 체육복을 챙긴다.

친구들이 모두 체육복을 입고 왔는데

자기만 체육복을 안 입고 가면 창피하니까.

그런데, 하루는 아무리 찾아도 체육복 윗옷이 없었다.

그래서 대충 비슷한 옷을 입히려고 했는데

연우가 입으려고 하지 않았다.

"아빠! 오늘 체육복 입는 날이야!"

"어. 근데 체육복이 바지밖에 없네.

오늘만 윗옷 다른 거 입고 가면 안 될까?"

"안 돼. 친구들은 다 체육복 입고 온단 말이야."

"연우야, 아빠가 미안해. 이것도 체육복이랑 똑같은 핑크색이니까

오늘만 그냥 이거 입으면 안 될까?"

"난 지금 그 문제를 얘기하는 게 아니란 말이야."

"어? 아… 아빠가 미안해."

"난 아직 여섯 살이니까 체육복은 아빠가 챙겨줄 수 있잖아."

"어, 미안해."

아, 정말 진땀 나는 아침이었다.
'어차피 체육복도 핑크색이라서 별 문제 없겠지!'라고
가볍게 생각했는데 연우에게는 중요한 문제였다.
'그래, 난 지금 딸이랑 얘기하는 게 아니라
여자랑 얘기하는 거였구나!'
연우를 겨우겨우 달래서 어린이집에 보내고
걱정이 돼서 어린이집 선생님께 문자를 보냈다.
'선생님, 연우 오늘 체육복 윗옷이 없어서
그냥 핑크색 티셔츠 입고 갔어요. 선생님께서 위로 좀 해주세요.'
잠시 후 선생님께 전화가 왔고, 연우를 바꿔주셨다.
"연우야, 체육복 못 챙겨줘서 아빠가 미안해."
"아니야. 괜찮아."

아이를 키우다보면
아이를 '딸'이나 '아들'이 아닌
'여자'나 '남자'로 대해야 할 순간이 온다.
어리다고 무시할 게 아니라
아이가 자존감을 가질 수 있도록
'여자'나 '남자'로 대접해주면
그만큼, 마음의 크기가 쑥쑥 자란다.

운동화 신을까?
구두 신을까?

딸들에게 신발은 아주 중요한 아이템이다.

연우도 아침마다 무슨 신발을 신을지 고민을 많이 한다.

"연우야, 오늘은 운동화 신을까? 구두 신을까?"

"음…… 리본 달린 구두!"

"왜?"

"친구들한테 자랑하고 싶단 말이야."

"그런데 오늘 체육 수업하면 운동화가 더 좋지 않을까?"

"오늘 체육은 실내에서 하는 거라서 실내화 신고 하는 거야."

"그래? 그럼 오늘은 리본 달린 구두 신고 가자."

연우가 직접 고른 신발을 신은 날은

어린이집을 가는 연우의 발걸음이 한결 더 가벼워 보인다.

어릴 때부터 아이가 좋아하는 걸 직접 선택하게 하는 것이 좋다.

부모가 모든 걸 결정해주면, 아이는 스스로 선택하는 법을 잊어버린다.

아이가 충분히 생각하고 스스로 선택할 수 있도록

아이에게 시간을 주고 기다려주자.

작은 것 하나부터 아이가 선택하게 하고 또 책임지게 하면

아이에게 책임감이 생긴다.

어느 날의 일기 #4

우리는 주말만 되면 무조건 캠핑을 간다.

캠핑을 가면 색다른 경험을 할 수 있고

또 무엇보다 아이가 스마트폰을 찾지 않는 점이 제일 좋다.

우리 가족은 주말에 이곳저곳 돌아다니는 걸 좋아하지만

비가 오는 날이나 결혼식이라도 있는 날이면 집에서 놀아야 했다.

집에서 연우랑 그림도 그리고 책도 읽고 레슬링도 해보지만

그래도 시간이 남으면 연우는 자연스럽게, 스마트폰을 찾았다.

"아빠, 핸드폰 해도 돼요?"

나는 스마트폰을 줄 때면 연우에게 꼭 하는 말이 있다.

"연우야! 딱 다섯 번만 보고 그만 보는 거야. 약속!"

그러면 연우는 정말 다섯 번만 보고 스마트폰을 나에게 가지고 온다.

그런데 집에만 있으면 정말, 아이와 할 수 있는 게 너무 없다.

그래서 선택한 게 캠핑인데,

캠핑은 비가 와도 재밌고 추워도 재밌고, 날씨가 좋아도 재밌다.

비가 오는 날은 내리는 비를 보며 텐트에서 뒹굴거리다가

함께 그림을 그리고,

날씨가 좋은 날은 들꽃을 보러 다니거나

개울가에서 물고기를 잡고 놀다 보면

어느새 하루가 금방 지나간다.

"아빠, 난 세상에서 캠핑이 제일 좋아."

"캠핑이 왜 좋아?"

"꽃도 많고 나비도 많잖아. 정말 정말 재밌어."

캠핑을 다닌 후로, 연우가 그린 그림에는

풀과 나무, 하늘, 그리고 하늘을 나는 새가 등장하기 시작했다.

캠핑은 주로 내 친구의 가족과 함께 가곤 한다.

친구의 딸, 소율이와 연우는 동갑인데

캠핑을 가면 둘은 손을 꼭 잡고 꽃도 꺾으러 다니고

잠자리도 잡으러 다닌다.

그러다가 둘이 싸워서 서로 삐쳐있기도 하는데

어느새 화해했는지 또 손을 잡고 코스모스를 따러 다니느라 바쁘다.

연우는 그렇게 친구와 함께 노는 게

스마트폰보다 훨씬 재미있다는 걸 알게 됐고

자연이 스마트폰보다 훨씬 더 신기한 세상이라는 걸 알게 됐다.

그래서 우리 가족은 주말이면 캠핑을 간다.

선물은
바로 바로!

연우는 어린이집에 갔다 오면 항상 이렇게 말한다.

"아빠, 내가 아빠 선물 가져왔다!"

"아빠 선물? 뭔데?"

"선물은 바로 바로…… 짜잔!"

연우가 내민 건 종이에 그린 그림이나

삐뚤빼뚤 적은 편지가 전부지만

연우는 항상 바로 보여주는 법이 없이

"선물은 바로 바로…… 짜잔!" 하며 나에게 기대감을 준다.

그래서 나도 연우에게 선물을 줄 때면

바로 보여주지 않고 뜸을 들인다.

"아빠가 연우를 위해 준비한 선물은…… 바로 바로!"

이렇게 긴장감을 주면 연우는 엄청 궁금한 얼굴로 나를 본다.

"짜잔! 귀여운 머리띠!"

"에이. 나 머리띠 많은데……."

"알았어. 다음에는 다른 선물 사줄게."

선물은 그 크기나 내용이 중요한 게 아니라
'마음'이 중요하다는 걸 아이에게 알려 주자.
그리고 선물을 줄 때 주고받는 암호를 정해두면
아이의 기쁨이 더 커진다.
아빠와 아이가 서로 주고받는 암호가 있고
둘만의 코드로 소통한다는 건 아주 중요하다.
그런 코드가 많을수록 아이는 아빠와 가깝다고 느낀다.

같이
춤출까?

아내와 나는 연우를 데리고 뮤직 페스티벌에 자주 간다.
그 곳의 축제 분위기를 연우에게 알려주고 싶고
또 음악을 들으며 자유롭게 춤을 추는 즐거움을
알려주고 싶기 때문이다.

상암동에서 열리는 락 페스티벌에 갔을 때
연우와 나, 아내는 셋이 손을 잡고
빙글빙글 돌면서 신나게 춤을 췄다.
얼마 전에는 〈서울 재즈 페스티벌〉에 함께 갔는데
재즈 음악이 나오자 연우가 말했다.
"아빠, 이것도 음악이야?"
"응. 신나지?"
"아빠, 나 춤추고 싶어."
"그래? 그럼 같이 춤출까?"
연우와 나는 한동안 제자리에서 뛰고 빙글빙글 돌면서
재즈 페스티벌을 즐겼다.

"연우야, 춤추니까 좋아?"
"응. 마음이 신나!"

연우가 인생에서 기분 좋은 순간에
춤을 출 수 있는 아이로 자랐으면 좋겠다.
춤을 춘다는 건, 인생을 즐길 줄 아는 거니까.

아이들은 부끄러움을 잘 안 타기 때문에
춤추는 걸 좋아한다.
아이가 신이 나서 들썩이면 함께 춤을 춰보자.
특별히 춤을 배울 필요는 없다.
아이가 춤을 추는 대로 따라 추거나
아이의 손을 잡고 빙글빙글 돌고
같이 점프를 해주면 그걸로 충분하다.

나
공주 아니야!

예술의 전당에서 열리는 〈월트 디즈니 특별전〉에 다녀왔는데
연우가 백설공주 그림을 보며 한참을 그 앞에서 서성거렸다.
"연우야! 백설공주 예뻐?"
"응. 공주님 진짜 예뻐."
"어디가 그렇게 예뻐?"
"공주님이라서 진짜 예뻐."
"연우도 공주님이야! 아빠의 공주!"
"나 공주 아니야!"
"아니야! 연우도 공주야!"
"아빠, 나 공주 아니라니깐!"

너무 심하게 거부하기에 왜 그러나 했더니
연우 어린이집에 '공주'라는 이름을 가진 아이가 있었다.

아, 그래서 그랬구나.
정직한 아빠딸 같으니라고.

어른들이 아이들을 이해하기 힘든 것처럼
어른들의 기준으로 아이들을 가르치면
아이들도 어른들을 이해하기 어렵다.
무조건 어른들의 기준을 강요할 게 아니라
아이들의 기준이 무엇인지
아이들의 말을 더 들어줄 필요가 있다.
세상에는 다양한 기준이 있고 다양한 생각이 있는 거니까.

아빠,
나 멈출 수가 없어!

연우는 〈킨더 초콜릿〉을 먹을 때마다 이렇게 말한다.

"아빠, 나 멈출 수가 없어."

"그렇게 맛있어?"

"응. 멈출 수가 없어."

그리고 좋아하는 놀이터에 가도 이렇게 말한다.

"아빠, 엄청 재밌어. 나 멈출 수가 없을 것 같아."

연우가 이런 말을 하는 것은 자기를 그만하게 하지 말라는 뜻이다.

엄청 재밌으니까, 더 놀고 싶으니까.

얼마 전에는 트램펄린을 타러 갔는데

먼저 타고 있던 남자 아이들이 거칠게 트램펄린을 타고 있었다.

연우는 좀 위험하다고 느꼈는지 트램펄린을 타다가 말고 내려왔다.

"아빠, 나 멈추고 갈래."

"왜 재미없어?"

"응. 나 멈출 수 있어."

무언가 재밌으면 멈추기 싫고, 또 멈출 수 없는 건
어른이나 아이들이나 똑같다.
아이가 '멈출 수 없을 정도'로 좋아하는 놀이가 무엇인지
'멈출 수 없을 정도'로 좋아하는 간식이 무엇인지
아빠가 알고 있으면
아이에게 더 친근하게 다가갈 수 있다.

울어도 돼!

어릴 때는 큰소리로 울던 연우가
어린이집에 다니면서부터 자꾸만 울음을 참았다.
아마도 우는 건 창피한 거라고 어린이집을 다니면서
스스로 깨달은 것 같았다.
"괜찮아. 울어도 돼 연우야."
"음~~~~~."
그래도 연우는 소리를 내지 않으려고 애썼다.

물론, 한 살 한 살 나이가 들면서
눈물도 참을 줄 알아야 하지만
아직은 울고 싶으면 실컷 울라고 말해주고 싶다.
"연우야, 울고 싶으면 소리 내서 울어도 돼.
눈물을 흘리면 마음이 깨끗해진대.
그러니까 울고 싶을 때는 실컷 울어.
대신, 사람 많은 데서 울지 말고 아빠 앞에서 울어. 알았지?"

아이가 울면 혼내고 다그치는 부모들이 있다.

"울지 마!"

"뚝! 뚝 안 하면 혼난다!"

눈물을 참는다고 용감한 아이가 되는 건 아니다.

어쩌면 자기감정을 숨기는 아이가 될 가능성이 크다.

사실, 눈물을 참는 건 어른도 힘든 일이다.

그리고 눈물을 참아야 할 순간은 살면서 계속 찾아온다.

어릴 때는 울어도 된다.

그게 아이의 특권이니까.

깨끗이
깨끗이

어린이집 부모 참여수업에 처음 간 날,
난 나름 충격을 받았다.
집에서는 어리광을 부리고 투정도 부리고,
신발 한 짝도 신겨 줘야 외출을 하던 연우가
어린이집에서는 어른스럽게 행동을 하고 있었다.

어린이집에는 나름의 원칙이 있었다.
자신이 사용한 물건은 반드시 제자리에 갖다 놓고
선생님이 이야기할 때는 조용히 듣고
자기 의견을 이야기할 때는 손을 들고 말하는 아이들의 모습을 보고
'아, 이런 게 교육이구나.'라고 처음 느꼈다.
그렇게 한 시간 동안 아이들이 수업을 받는 모습을 지켜 봤다.

드디어 아이들이 기다리는 점심시간.
아이들은 자기 밥그릇을 들고 조용히 자기 자리에서 기다렸다.
잠시 후 선생님이 아이들에게 밥과 국 그리고 반찬을

모두 나눠줬는데 먼저 먹는 아이가 아무도 없었다.

모든 식사 준비가 끝나자,

아이들은 우렁차게 식사 인사를 나눴다.

"선생님! 먼저 드세요. 친구들아 맛있게 먹어라.

냠냠 쩝쩝! 잘 먹겠습니다."

아이들이 밥을 어찌나 맛있게 먹던지.

돌아다니면서 먹는 아이도 없었고

김치나 시금치를 안 먹겠다고 하는 아이도 없었다.

아이들이 밥을 거의 다 먹었을 때쯤,

선생님은 노래하듯이 아이들에게 말했다.

"마지막까지 깨끗이! 깨끗이! 깨끗이 먹어요!"

아이들은 정말 남김없이 깨끗이 밥을 먹었다.

그 모습을 보는데 나도 모르게 입가에 미소가 번졌다.

그날 저녁, 집에 와서 밥을 먹는데

난, 나도 모르게 연우에게

"깨끗이! 깨끗이! 깨끗이 먹어요!"라고 말했다.

그러자 연우가 마지막 한 숟가락까지 깨끗이 먹으며, 나를 쳐다봤다.

"어? 아빠가 선생님이야?"

"아빠도 선생님한테 배웠어.

아빠도 마지막까지 깨끗이! 깨끗이! 다 먹었다!"

우린 서로 빈 그릇을 보여주며 웃었다.

아이가 밥을 잘 먹게끔 하는 건 부모에겐 영원한 숙제다.

아이를 키우는 모든 부모의 마음은 같을 것이다.

밥 한 숟가락이라도 더 먹이고 싶은 마음,

고기도 많이 먹이고 채소도 많이 먹이고 싶은 마음…….

집에서는 식탁에서 딴짓만 하던 아이가

어린이집에만 가면 철이 든 아이처럼 행동하는 건

거기에는 아이들이 따라야하는 나름의 원칙이 있고

그 속에서 아이들이 사회성을 배우기 때문이다.

밥을 깨끗이 먹는 습관이나

밥을 제자리에 앉아서 먹는 습관을

어린이집에서 배운 대로 유지할 수 있도록

가정에서도 원칙을 정하는 게 좋다.

아빠,
비가 와야 돼!

토요일부터 내린 비는 그칠 줄을 몰랐다.

일요일에도 하루 종일 비가 오더니

월요일 아침까지 계속 내렸다.

어린이집에 가야하는데 비가 계속 내리기에

나는 밖을 보며 무심히 말했다.

"아! 왜 이렇게 비가 많이 내리냐. 그렇지 연우야?"

"아빠, 근데 비가 와야 돼."

"왜?"

"비가 와야 꽃도 자라고 나무도 자라지.

그래서 비도 와야 돼."

"아. 그… 그렇지. 연우 말이 맞네."

모든 것에는 다 이유가 있다.
작은 것에도 존재의 이유가 있다는 걸 알려주면
아이들은 더불어 사는 것에 대해 배우게 된다.
물론 아이들 덕분에 어른도 배우는 게 많다.
비가 오지 않으면 세상은 사막이 되니까,
비도 와야 한다.

아빠가
이 세상이 되어줄게!

어느 날부터 연우는 발레 타령을 했다.

"아빠, 나 발레 배우고 싶어.

현서랑 하은이도 발레학원 다닌단 말이야."

"그래. 그럼 연우도 발레 학원에 다녀."

그렇게 해서 옥수동에 있는 어린이 발레 학원에 등록을 했는데

연우는 발레 학원만 갔다 오면 울었다.

"연우야, 왜 울어? 발레 재미없어?"

"아니, 언니들이 나보고 발레 못 한다고 놀려."

"연우는 이제 시작하는 거니까 언니들보다 못 해도 괜찮아.

연우도 연습 많이 하면 잘할 수 있어. 아빠랑 같이 해볼까?"

"아빠, 근데 언니들이 그러는데 발레 학원에 귀신이 있대."

"귀신? 귀신 같은 거 없어."

"진짜지? 귀신 없는 거지?"

"그럼. 귀신 나오면 아빠가 혼내줄게."

"진짜지?"

"그럼. 아빠가 이 세상이 되어줄게. 걱정 마!"

아이에게 아빠는 이 세상처럼 큰 존재다.
아이가 이 세상에서 마음껏 뛰어 놀고
마음껏 상상할 수 있도록
아빠가 이 세상이 되어 주자.

뿡야!
태어났어요!

연우는 잠자기 전에 옛날이야기 듣는 걸 좋아한다.

그중에서도 연우의 탄생 이야기인 〈뿡야〉를 제일 좋아한다.

물론 내가 지어낸 이야기지만

연우는 백 번도 더 들은 그 이야기를 지금도 좋아한다.

"아빠, 〈뿡야〉 이야기 해줘."

"알았어. 옛날 옛날에 이재국 아빠랑 김나연 엄마가 만났는데

둘이 정말 정말 사랑을 했대.

그래서 엄마 배 속에 연우가 생겼는데

한 달이 지나고 두 달이 지나고 열 달이 됐을 때,

엄마가 "여보! 연우가 태어날 것 같아요!" 그랬어.

그래서 엄마랑 아빠는 함께 병원에 갔어.

병원에 갔더니 의사 선생님께서

"어! 아기가 금방 태어날 것 같아요, 자! 힘주세요!"라고 해서

엄마가 '뿡야!' 힘을 줬더니

연우가 "응애~ 응애~" 하면서 태어났대.

아빠가 아기 연우를 꼭 안아줬더니

하늘에서 연우 태어난 걸 축하해주는 눈이 내렸대."

"아빠! 그럼 내 생일날 눈이 내린 거야?"

"응. 그날 눈이 내렸어."

"너무 재밌다. 아빠 〈뽕야〉 이야기 또 해줘!"

정말 천 번도 넘게 해줬지만

연우는 지금도 〈뽕야〉 이야기를 제일 좋아한다.

그 이야기를 다섯 번 정도 조용히 해주면 연우는 스르르 잠이 든다.

아이에게 엄마, 아빠가 만나서 사랑한 이야기와
자신이 태어난 이야기를 재밌게 해주면
신기함과 동시에 가족애가 생긴다.
우리는 한 가족이라는 걸,
말이 아닌 이야기로 해주면 더 재밌어한다.

사람들이
내 발바닥 보는 거 싫어!

난 연우가 씩씩하게 자랐으면 좋겠다.

여자 아이지만 태권도도 배우고

검도도 배우면 좋겠다.

그런데 연우는 발레만 좋아한다.

그래서 하루는 연우를 설득해 봤다.

"연우야! 태권도 학원 다닐래?"

"싫어. 태권도는 남자가 하는 거잖아!"

"아니야. 여자도 태권도 배워도 돼.

여자가 태권도하면서 발차기 하면 진짜 멋있어."

"싫어. 그럼 사람들이 내 발바닥 보잖아. 부끄러워서 싫어."

아, 그래서 싫은 거구나. 알았어 그럼.

부모가 무조건 '맞다', '아니다'를 판단하기보다는
아이에게 이유를 물어보고 대화를 이어 나가는 게 좋다.
때론 아이가 말도 안 되는 이유를 말하기도 하지만
그건 자기 의견을 만들어가는 과정이다.
말도 안 되는 이유일지라도
아이의 생각을 먼저 들어보자.
아이가 무엇을 원하는지,
그리고 무엇을 원하지 않는지.

싫어!
나 결혼 안 할 거야!

연우가 제일 좋아하는 친구는
같은 어린이집에 다니는, 안병건 어린이다.
"연우는 병건이가 그렇게 좋아?"
"응. 병건이랑 결혼할 거야."
"그럼, 병건이 우리 집에 와서 같이 살까?"
"응! 그럼 나랑 병건이랑 같이 밥도 먹고, 그림도 그리는 거야?"
"그렇지. 근데 연우가 병건이랑 결혼하면
연우는 병건이네 집에 가서 살아야 돼."
"그럼, 엄마랑 아빠도 같이 병건이네 집으로 가는 거야?"
"아니. 연우만 가는 거야."
"싫어. 그럼 나 병건이랑 결혼 안 할 거야."
"외할머니랑 엄마랑 같이 안 살잖아.
그러니까 연우도 결혼하면 엄마, 아빠랑 떨어져서 살아야지."
"으앙! 싫어. 나 결혼 안 할 거야."
장난삼아 한 이야기였지만, 사실 나도 살짝 눈물이 났다.

같은 또래 남자 아이들은
결혼에 대한 얘기를 별로 안 한다고 하는데
여자 아이들은 결혼 얘기를 참 많이 한다.
아이들에게 결혼에 대한 얘기는 자주 해주는 게 좋다.
결혼은 즐거운 일이고 행복한 일이라는 걸,
또 신중하게 결정해야 하는 중요한 일이라는 걸
아이도 알아야 하니까.

아빠,
집은 왜 바꾸는 거야?

얼마 전, 앞집이 이사를 했다.

이사하는 모습을 지켜보던 연우가 나에게 물어봤다.

"아빠, 왜 집에 있는 물건을 다 빼?"

"아, 다른 데로 이사 가나봐."

"그럼 다른 사람이랑 집을 바꾸는 거야?"

"어? 음…… 다른 사람이 이 집으로 오고

이 집에 사는 사람은 다른 집으로 가고, 서로 바꾸는 거야."

"우리 집도 다른 사람이랑 바꿔야 돼?"

"어? 나중에 이사 가면 바꿔야지."

"그럼 옆집이랑 바꾸자. 거긴 마당에서 강아지도 키울 수 있잖아."

"어? 응. 좀 나중에 바꾸자. 지금 우리 집도 좋잖아."

아이들의 상상력은 참 대단하다.
이사하는 것을 집을 바꾸는 것이라고 생각하다니.
아이가 엉뚱한 이야기를 하더라도
끝까지 들어주고 끝까지 질문해주면
아이들의 상상력은 무럭무럭 자란다.
아이가 생각을 이어나갈 수 있도록
공감해주고 질문해주자.

아빠는
꿈이 뭐야?

침대에 누워 잘 준비를 하던 연우가 갑자기 나에게 물었다.

"아빠! 아빠는 꿈이 뭐야?"

"꿈?"

"응. 커서 뭐가 되고 싶냐고?"

"아빠는 이미 어른이잖아."

"그럼 아빠는 이제 나이 안 들어?"

"아니, 나이는 들지."

"그러니까 꿈이 뭐냐고?"

난 순간 주춤했다.

내가 연우에게 꿈이 뭐냐고 물어본 적은 많았지만

연우가 나에게 꿈이 뭐냐고 물어볼 줄이야.

그래서 난 일단, 연우에게 질문을 넘겼다.

"그럼 연우는 꿈이 뭔데?"

"난 〈겨울왕국〉에 나오는 엘사가 되는 게 내 꿈이야.

근데, 아빠 꿈은 뭐냐고!"

"어? 음… 아빠 꿈은 큰 극장의 주인이 되는 거야."

"아… 난 또 가수가 되는 게 꿈인 줄 알았네."

"가수? 왜?"

"아빠는 노래 부르는 거 좋아하잖아."

아이와 대화를 하다보면 항상,
아빠는 모든 걸 알고 있고
아이는 아무것도 모른다고 생각하며 대화를 한다.
그러면 제대로 된 대화가 될 수 없다.
아이와 대화를 할 때는
언제나 아이와 같은 눈높이를 유지해주는 게 좋다.
그렇지 않으면 아빠는 자꾸만 아이를 가르치려고 하고
아이는 아빠의 말을 듣기 싫어한다.
아이와 동등한 입장에서 말을 주고받아야
아이가 대화의 즐거움을 느낄 수 있다.

아니야,
다 다른 꽃이야!

주말에 남산 공원에 가는데
연우가 꽃을 보더니 발걸음을 멈췄다.
"아빠, 이 꽃 진짜 예쁜데 나 사진 찍어도 돼?"
"그래. 사진 찍어. 아빠 핸드폰 줄게."

연우는 나름대로 앵글을 잡고 열심히 셔터를 눌렀다.
자기가 좋아하는 꽃만 골라서 찍었는데
여러 화분에는 똑같은 꽃들도 많이 있었다.
"연우야, 이제 그만 찍어. 그 꽃 아까도 찍었잖아.
아까 찍은 꽃이랑 똑같은 꽃이야."
"아니야, 아빠. 이거 다른 꽃이야."
"좀 전에 찍은 꽃이랑 똑같은 꽃인데?"
"아니야. 이 꽃은 여기 화분에 있고, 이 꽃은 이 화분에 있잖아.
다른 화분에 있으니까 다른 꽃이지."
난 순간 머리가 띵했다.
그래, 사람도 다 다르고, 꽃도 다 다르지.

꽃은 다 다르다.

똑같은 장미꽃이라고 해도

피어있는 장소에 따라 다 다른 꽃이니까.

그 다르다는 걸 알게 됐을 때,

다른 사람도 인정하게 되고

다른 사람의 생각도 인정하게 된다.

"그거랑 비슷한 거 집에 있잖아."라고 아이에게 말하면

어쩌면 아이는 이해하지 못할지도 모른다.

어른의 기준에서는 비슷한 것이지만,

아이에게는 완전히 다른 것일 수도 있으니까.

아기 때부터
꼭 안아주셔서 감사합니다

연우가 어린이집에서 한글을 배우기 시작했다.

길을 가다가 아는 글자가 한 글자만 나와도

연우는 신나서 소리를 질렀다.

"아빠! 저기에 '연' 있다! 맞지?"

"와! 이연우 똑똑하다! 어떻게 알았지?"

그러던 어느 날, 어린이집에서 아빠에게 주는 편지를 써 왔다.

'아빠 사랑해요. 아기 때부터 꼭 안아주셔서 감사합니다.'

"연우야, 이 글씨는 누가 쓴 거야?"

"내가 선생님한테 부탁한 거야!"

"뭐라고 쓰여 있는 줄 알아?"

"응. 아기 때부터 꼭 안아주셔서 감사합니다."

"연우야! 아빠가 꼭 안아줘서 좋아?"

"아빠가 꼭 안아줄 때가 제일 좋아!"

아, 꼭 안아주는 동안 서로 마음이 통하고 있었구나.

아빠의 꾸준한 행동은 아이의 마음속에 쌓인다.
처음엔 아이와 잘 놀아주다가 아이가 울고 떼를 쓰면
슬쩍 포기하는 경우가 있는데
아이는 모든 것을 알고 있다.
아무리 작은 일이라고 해도,
아이에겐 태어나서 처음 겪는 일이다.
작은 일들이 아이의 마음속에 차곡차곡 쌓여
아이는 언젠가 고마움을 표시할 것이다.

어느 날의 일기 #5

아내와 포장마차에서 소주 한 잔을 하고 싶은 날이면
우린 연우와 함께 포장마차에 간다.
처음에는 아이와 함께 술집에 가는 것을 망설였다.
"연우가 뭘 배우겠어?"
"뭐 어때. 자연스러운 건데."
"그냥 집에서 마시자."
"집에서 마시는 게 더 이상하지. 난 집에서 술 마시는 거 싫어!"
그렇게 아내와 괜히 언성을 높이다 보면
중간에 있는 연우가 우리 눈치를 보는 게 느껴졌다.
그래서 그 후로는 연우가 눈치 보지 않게
최대한 자연스럽게 행동하기로 했다.
포장마차에 가고 싶으면 가고,
집에서 와인 한 잔 하고 싶으면 하고.

그러던 어느 날.

동네에 있는 포장마차에 가서 곰장어랑 닭똥집을 시켜놓고

아내와 소주 한 잔을 하고 있는데

연우가 플라스틱 의자 두 개를 붙여 놓더니 말했다.

"엄마! 내가 피아노 연주해줄까?"

"응. 멋진 노래로 해줘."

연우가 피아노 치는 시늉을 하면서 노래를 불렀다.

"밀과 보리가 자라네! 밀과 보리가 자라네!"

그렇게 연우가 노래를 하자,

포장마차 주인아주머니께서 연우를 보며 말했다.

"아이고 귀여워라. 할머니가 아기 먹으라고 우동 한 그릇 말아 줄게요.
몇 살이야?"

"여섯 살이요."

"피아노도 잘 치고, 노래도 잘 하고!

자, 이거 할머니가 노래값으로 줄 테니까 맛있게 먹어."

난 그런 아주머니가 참 고맙고,

또 어른들이 오는 포장마차에 아이를 데려온 게 죄송했다.

"이모님! 죄송합니다. 어른들 오는 곳인데 아이를 데려와서요."

"아이고 아니야. 뭐가 죄송해. 보기 좋구먼.

놀이공원 같은 데 가서 엄마, 아빠 싸우는 것보다

포장마차에 와서 엄마, 아빠 웃는 모습 보여주는 게

훨씬 좋은 교육이야."

생각해보니, 맞는 말이었다.

모처럼 시간을 내서 놀이공원 같은 데를 가면

아이는 지칠 줄 모르고 계속 노는데

엄마, 아빠 특히 아빠들은 지쳐서 앉아있으려고만 하고

빨리 집에 가자고 하다가 부부싸움을 하게 되는 경우가 많다.

우리는,

아이와 함께 놀이공원에 가서 싸우는 부부보다는

포장마차에 가서 술 마시는 모습을 보여주더라도

아이에게 행복한 모습을 보여주는 부부가 되기로 했다.

신발이
더러워지잖아!

밤새 비가 내린 다음날 아침,
연우를 어린이집에 데려다주는데
연우가 일부러 물이 고여 있는 곳으로만 걸어갔다.
"연우야! 거기로 가면 신발이 다 젖잖아."
"나, 그래도 여기로 가고 싶어."
한두 번 말렸는데도 연우는 뭐가 심통이 났는지
일부러 물이 고여 있는 곳으로만 걸어갔다.
"연우야, 거기로 가면 신발 더러워져."
"싫어. 나 여기로 가고 싶어."

어릴 때는 하지 말라고 하면 더 하고 싶어지는 법.
나는 더 이상 연우를 말리지 않았다.
어린이집에 도착하니
연우의 신발은 흙탕물에 젖어 엉망이 되어 있었다.
난 그냥 아무 말도 하지 않았다.
그리고 다음날 아침, 신발장을 보니

연우의 신발만 흙으로 범벅이 되어 있었다.

"연우야! 신발 봐봐. 안 예쁘잖아."

"나도 알아. 이제 흙탕물로 안 갈 거야."

연우는 자기 신발을 보고 깨달았는지

그 날 이후, 흙탕물이 고여 있으면 피해 다니기 시작했다.

아이의 신발이 더럽혀졌을 때
아이 모르게 신발을 깨끗이 닦아두는 것보다는
아이가 스스로 깨달을 수 있도록 더러워진 신발을 아이에게 보여주면
다음부터는 같은 행동을 하지 않는다.
무조건 부모가 옳고 그름을 가르치는 것보다는
아이 스스로 깨달을 수 있는 기회를 주는 것이 좋다.

조금 불편하지만
참을래!

아이들은 옷에 붙어 있는 태그 때문에 가려워할 때가 많다.
하루는 연우와 산책을 하는데
연우가 자꾸만 목 뒤를 긁었다.
"연우야, 왜 그래? 가려워?"
"응. 자꾸만 목이 가려워. 불편해."
연우의 옷을 살펴봤더니 목 뒤에 태그가 붙어 있었다.
"그럼 집에 가서 옷 갈아입고 올까?"
"아니야. 조금 불편하지만 참을래."

난 산책을 하다가 조그만 문방구에 들어가서
잠시 가위를 빌린 후,
연우 옷 뒤에 붙어 있는 태그를 떼어줬다.
"이제 괜찮지?"
"응. 괜찮아."
"불편한 것도 참을 줄 알고, 우리 연우 다 컸네!"

아이들은 참는 걸 잘 못한다.
참아야 할 이유도 모르고
또 잘 참지 못하기 때문에 아이라고 생각한다.
어느 날은 조금 매운 걸 참으면서 먹고
또 어느 날은 더워도 참을 줄 알게 되면서
아이는 조금씩 어른이 되어간다.
불편한 걸 억지로 참을 필요는 없지만
참을성도 가끔은 필요한 법.

아빠,
갖고 싶은 선물 뭐야?

며칠 후가 아빠의 생일이라고 했더니
연우가 나에게 물었다.
"아빠, 갖고 싶은 선물이 뭐야?"
"음… 연우 웃음."
"하하하! 이런 웃음? 이게 선물이야?"
"응. 아빠는 연우 웃음이 제일 좋아.
그게 아빠가 제일 좋아하는 선물이야."
"알았어 아빠. 그럼 내가 선물 많이 줄게. 하하하."

그날 이후, 난 연우에게 수시로 선물을 요구한다.
"연우야, 아빠 선물 줘. 스마일!"
"스마일! 하하하하."
"아! 좋다. 연우 선물."
"난 아이스크림이나 인형 선물이 좋은데,
아빠는 웃음 선물이 좋아?"
"응. 아빠는 연우 웃음이 더 맛있고 더 좋아!"

202

아이는 늘 선물을 받기만 하기 때문에
가끔은 자기도 선물을 주고 싶어 한다.
아이가 아빠에게 줄 수 있는 선물은 참 많다.
'아이의 웃음', '아이가 밥을 맛있게 먹는 것',
'아이의 노래', '아이가 직접 쓴 편지 한 장'.
아이에게 주는 기쁨을 알려주자.
그런 아이가 사랑을 나눌 줄 알고,
또 사랑을 베풀 줄 아는 아이가 된다.

긴장을 풀고
다시 해보는 거야!

연우는 여행을 가거나 캠핑을 갈 때면
색연필과 스케치북을 꼭 가져가야 할 정도로
그림 그리는 걸 참 좋아한다.
그런데 연우는 가끔 그림이 잘 안 그려지면
짜증을 내면서 그림을 구겨버리곤 한다.
"연우야, 왜 그래?"
"그림이 자꾸 안 그려져."
"그럼 조금 쉬었다가 그려 봐."
"싫어! 지금 그리고 싶어."
"잘 안될 때는 쉬었다가 하면 잘 할 수 있어!"
"싫어. 지금 그리고 싶단 말이야."

그렇게 그림이 잘 안 그려지면 짜증을 내더니
어느 날인가, 연우가 그림을 그리다가 말고 혼잣말을 중얼거렸다.
"긴장을 풀고 다시 한 번 해보는 거야! 휴~"
"하하하. 연우야 너 뭐해?"

"그림이 잘 안 그려질 때는 긴장을 풀고
휴~ 숨을 한 번 쉬고, 다시 한 번 하면 잘 그려져.
진짜야! 아빠도 한 번 해봐."

아이들이 하나하나, 차곡차곡 배워 나가는 모습을 보면
부모는 기분이 좋아진다.
아이들은 한 번 설명해 주면 잘 모른다.
자기 스스로 이해하는 시간이 필요하기 때문이다.
아이들은 절대 부모가 시키는 대로 하지 않는다.
자기들이 이해한 대로 한다.
그래서 아이가 이해할 때까지
설명해주고 도와주고 기다려주는 게 부모의 역할이다.

할머니는
선생님이 아니잖아!

일주일에 한 번, 집에 구몬 선생님이 오셔서
연우에게 한글을 가르쳐 주신다.
구몬 선생님이 오시는 어느 날, 연우가 할머니와 함께 있었다.
그런데 구몬 선생님과 있을 때는 열심히 한글 공부를 하다가
구몬 선생님이 가시자, 연우는 연필을 내려놓았다.
"연우야! 할머니랑 같이 공부해보자!"
"싫어. 할머니는 선생님 아니잖아."

그 모습을 보고 내가 한마디 거들었다.
"연우야, 구몬 선생님보다 더 선생님이 할머니야."
"그럼 할머니가 원장 선생님 같은 거야?"
"당연하지. 원장 선생님이랑 할머니랑 친구야.
그러니까 할머니 말씀도 잘 들어야 돼. 알았지?"

연우는 그 날부터 할머니 말씀을 원장 선생님 말씀처럼 잘 들었다.

아이들에게는 설명이 필요하다.
어릴 때부터 설명을 잘 해주면, 아이들은 대부분 잘 알아듣는다.
설명을 해줘도 말을 안 들을 때는 더 여러 번 설명해줘야 한다.
부모의 설명을 듣고 아이가 판단하고
아이 스스로 실천하고 행동할 수 있게 해주자.
그래야 책임감 있는 아이가 된다.

나뭇잎이
사각형이야?

가을이 되면 남산도 울긋불긋 단풍이 든다.
낙엽이 떨어진 남산 공원을 거닐다가, 연우가 말했다.
"아빠! 우리 단풍놀이 할까?"
"단풍놀이가 뭔데?"
"은행잎이랑 단풍잎이랑 나뭇잎 주워 와서
누가누가 예쁜 거 주워 왔는지 시합하는 거야!"
"그래. 아빠랑 시합하자."

바닥에 떨어진 낙엽을 밟으니 '사각사각' 소리가 났다.
"연우야! 낙엽 밟으니까 '사각사각' 소리 나지?"
"어? 그럼 나뭇잎이 사각형이야?"
"어? 아니. '사각사각' 하는 건 소리야. 나뭇잎 밟을 때 나는 소리."
"사각형이 아닌데 왜 '사각사각' 하지?"
"음… '단풍단풍' 하면 이상하잖아."
"하하하하."

아이들은 똑같은 단어에 다른 뜻이 있다는 걸 모를 때가 많다.
밥을 싸 먹는 '김'도 있고, 친구의 성씨 '김'도 있고
군고구마에서 나는 '김'도 있다는 걸,
자연스럽게 알려줄 필요가 있다.
또 아이에게 의성어, 의태어를 많이 알려주면
자기표현을 섬세하게 하는 아이가 된다.

아빠 씨앗을
엄마에게 주면 안 될까?

요즘 부쩍 동생을 낳아달라는 말을 연우가 자주 한다.

"아빠, 나 갈색 머리 동생 낳아주면 안 될까?"

"갈색 머리 동생?"

"응. 남자 동생."

"그런데 동생은 엄마가 낳아줘야 하는데 어떡하지?"

"아니, 아빠가 엄마한테 씨앗을 줘야 엄마가 동생을 낳지!"

'헉! 여섯 살 연우 입에서 이런 말이 나올 줄이야.'

"그럼, 아빠가 엄마한테 얘기할게.

아빠가 씨앗 줄 테니까, 갈색 머리 남자 동생 낳아달라고."

연우는 잠시 후 아내에게 전화를 걸었다.

"엄마, 아빠가 씨앗 준다고 했으니까,

엄마가 갈색 머리 남자 동생 '뿅야' 하고 낳아줘."

"어? 씨앗? 알았어.

그런데 동생이 갑자기 '뿅야' 하고 나오는 게 아니야.

엄마가 아빠랑 잘 얘기해볼게. 알았지?"

"응!"

요즘은 다섯 살부터 성교육을 받기 때문에
엄마, 아빠는 마음의 준비를 하고 있어야 한다.
아이가 엉뚱한 질문을 하더라도 당황하면 안 된다.
그리고 아기가 어디서, 어떻게, 왜 태어나는지에 대해
아이 눈높이에 맞는 대답을 준비할 필요가 있다.
요즘 아이들은, 암튼 모든 면에서 빠르다.

산타 할머니는
어디 갔지?

크리스마스를 며칠 앞두고 집에 트리 장식을 했다.

크리스마스 트리에 전구도 장식을 하고

별도 달고, 달도 달고,

사다리를 올라가는 산타클로스 인형도 하나 사다 놨다.

"연우야! 크리스마스에 무슨 선물 받고 싶어?"

"음…… 칼라 찰흙."

"그럼 연우가 산타 할아버지한테 편지 써 볼까?"

연우는 종이를 가져와서 편지를 썼다.

'산타 할아버지, 칼라 찰흙 갖고 싶어요. 이연우 올림'

연우는 그 종이를 하트 모양으로 오려서

크리스마스트리 한쪽에 붙여 놨다.

그리고 한참 산타클로스 인형을 쳐다보더니 말했다.

"아빠, 근데 산타 할머니는 어디 갔지?"

"어? 산타 할머니? 글쎄? 집에 있나?"

"아, 나 알았다."

"산타 할머니 어디 있는데?"

"집에서 선물 포장하고 있겠지.

선물이 많이 있어야 산타 할아버지가 다 갖다 주잖아."

"아하! 그렇구나."

난 혹시나 하고 인터넷 검색창에 산타 할머니 얘기를 찾아 봤더니

'아마도 집에서 선물 포장하고 있을 것'이라는 답변이 가장 많았다.

사람들의 생각은 다 거기서 거긴가 보다.

아이들이 가족 관계를 이해하고
가족 구성원에 대해서도 관심을 갖는 시기가 있다.
할머니, 할아버지랑 같이 사는 대가족을 궁금해하기도 하고
우리 집에는 왜 이모가 없는지 궁금해하기도 한다.
이때 아이에게 가족의 의미와 관계를 잘 설명해주면
아이는 가족 내에서 자기 위치도 알게 되고
가족의 중요성도 새삼 깨닫게 된다.

입에 있는
공기가 다 나갔어!

우리 가족은 주말이면 항상 남산에 간다.

비가 오는 날만 빼고, 눈이 오는 날도 남산 공원에 간다.

공원에서 놀다가 가끔 서울 N타워까지도 올라가는데

하루는 연우가 숨이 찬지 헉헉거리며 말했다.

"아빠, 숨이 차니까 내 입에 있는 공기가 다 빠져나가는 것 같아."

"숨차지? 그래도 나무에서 산소가 많이 나오니까

연우 입으로 다시 산소가 들어갈 거야."

"나도 알아. 나무는 우리에게 산소를 주는 거잖아."

"어! 어떻게 알았지? 연우 대단하다!"

"이 정도로 뭘."

올라가다가, 쉬었다가 또 올라가다가

그렇게 정상에 오르고 나면 우린 기분이 좋아진다.

"연우야! 산꼭대기에 오니까 어때?"

"아빠, 근데 산꼭대기는 뾰족한데 여기는 왜 안 뾰족해?"

"음…… 원래는 뾰족했는데 사람들이 많이 와서 넓어진 거 아닐까?"

"아, 발로 막 밟아서 뾰족한 게 이렇게 넓어진 거구나."

218

아이와 함께 산 정상에 올라가보자.
아이가 힘들어하면 아빠가 안아주고, 업어주고
그렇게 자연스럽게 스킨십을 하다 보면
아이는 아빠를 든든하게 생각하게 된다.
그리고 정상에 올라본 아이들은
짜릿한 성취감을 알게 된다.

어느 날의 일기 #6

아이를 키우다 보면 교육에 대한 욕심을 포기하기 힘들다.
'또래 친구들은 영어유치원을 다니는데
우리 아이는 안 보내도 될까?'
'다른 친구들은 다섯 살 때부터 피아노 학원을 다니고
발레 학원도 다니는데 우리 아이는 안 보내도 될까?'

우리 부부도 걱정이 앞서 수많은 고민을 하고 대화도 참 많이 했다.
연우에게 물어봤더니 제일 먼저 발레를 배우고 싶다고 해서
여섯 살 때 발레 학원을 등록해줬다.
처음에는 발레복을 입고 신나서 매일매일 발레 얘기만 하고
발레복을 입고 밥도 먹고, 잠도 잘 정도로 좋아했는데
두 달 만에 그만뒀다.
이유는 발레 학원에서 일곱 살, 여덟 살 언니들이
연우가 못 한다고 자꾸만 꼬집고 놀려서
매일 집에 오면 연우가 울었기 때문이다.

"연우야, 그래도 포기하면 안 되잖아.

언니들 많은 학원 말고, 친구들이랑 동생들 있는 반으로 옮겨줄까?"

"응. 언니들이 자꾸만 놀려."

그래서 다음 달에는 또래 친구들이 있는 반으로 옮겨줬는데

결국 한 달 다니다가 그만뒀다.

"연우야, 하기 싫은 건 안 해도 되지만

한 번 시작했으면 쉽게 포기하면 안 돼.

다음에는 더 신중하게 결정하고, 꼭 끝까지 해보자."

"응. 알았어. 아빠."

연우는 이제 피아노를 배우기 시작했다.

이번엔 좀 더 흥미를 갖고 오래하길 바란다.

그 외에 연우에게 바라는 건 없다.

아무리 몸에 좋은 음식이라도 맛이 없다면

아이들에게는 먹는 게 스트레스가 된다.

그걸 많이 먹인다고 아이들의 몸이 건강해지는 것도 아니다.

아이가 스스로 먹을 수 있게 도와주고

다양한 경험을 통해 자기가 진짜 좋아하는 것을 알게 해주는 것,

그게 교육의 이유고, 부모의 역할이라고 생각한다.

얼마 후, 연우가 나에게 와서 귓속말을 했다.

"아빠, 나 다시 발레 학원 다니고 싶어."

"그때는 다니기 싫다고 했잖아."

"아니야. 나 다시 다닐래.

김연아 언니가 엄청 예뻐서 다시 배우고 싶어졌어."

난 그저, 연우의 이야기가 반갑고 고마웠다.

부모가 억지로 시킨다고 되는 것도 아니고

계속 닦달한다고 되는 것도 아니다.

지켜보고, 믿어주는 것, 그리고 도와주는 것,

그게 가장 현명한 아빠의 역할이라고 생각한다.

누가
내 생각 하나봐!

한동안 분홍색만 좋아하던 연우가
〈겨울왕국〉을 본 후, 파란색을 좋아하게 됐다.
예전에는 파란색은 남자색이라고,
칫솔도 파란색을 주면 싫다고 했는데
〈겨울왕국〉이 많은 걸 바꿔 놓았다.

주말에 장을 보러 마트에 갔는데
마침, 구두를 세일해서 팔고 있었다.
"연우야! 이 핑크색 구두 어때? 정말 예쁘다."
"나 파란색 구두가 더 좋아!"
"그래? 파란색도 예쁘다. 한번 신어볼까?"
연우는 파란색 구두를 신고 무척 좋아했다.
아예 그 신발을 신고 마트를 돌아다녔는데
연우가 갑자기 멈춰 서더니 신발을 보며 말했다.
"아빠, 나 신발끈 풀렸어! 도와줘!"
"어! 누가 연우 생각 했나?"

"그게 뭔데?"

"누군가가 내 생각을 하면 내 신발끈이 풀린대!"

연우는 그게 신기한지, 계속 신발끈만 쳐다보면서 걸어 다녔다.

그리고 다음날 아침,

연우는 어린이집에 가려고 파란 구두를 신었는데

연우의 구두끈이 풀려있었다.

"아빠! 누가 내 생각 했나봐!"

"어, 진짜네. 누가 연우 생각 했을까?"

"음… 엄마가 연우 생각 했나?"

"음… 병건이가 연우 생각 하는 거 같은데?"

"우헤헤헤헤헤헤헤!"

"그렇게 좋아?"

"응. 신발끈 또 풀렸으면 좋겠어!"

아, 저렇게 좋을까?

그날 이후, 신발끈이 풀리는 건 연우에게 또 다른 즐거움이 됐다.

아이들에게는 뭐든 게 다 신기하다.
아이들이 짜증내는 일도, 아빠가 설명만 잘 해주면
재밌는 일로 바뀔 수 있다.
아이의 평범한 일상을 재밌는 에피소드로 만들어주자.

박하사탕은
'바람 맛'이야!

아이들이 박하사탕을 처음 먹으면 대부분,
'맵다'는 얘기를 많이 한다.
또, 어른용 치약을 썼을 때도 '맵다'는 얘기를 많이 한다.
치약이나 박하사탕의 화한 느낌이
마치 매운맛의 화한 느낌과 비슷하다고 생각하는 것 같다.

연우도 어릴 때는 박하사탕을 주면
"매워!"라고 하면서 금방 뱉어버렸는데
여섯 살이 되니까 박하사탕도 뱉지 않고 맛있게 먹었다.
"연우야, 박하사탕 맛이 어때?"
"바람 맛이야. 내 입 안에서 바람이 불어."
"그럼 시원하겠네?"
"응. 입 안에서 시원한 바람이 부니까 시원해."
"그럼 더울 때, 아빠가 박하사탕을 사다주면 연우 시원하겠다. 그렇지?"
"응. 하지만 겨울에는 추우니까 안 먹을래."
"그래, 박하사탕은 여름에만 먹는 걸로!"

세상에 다양한 맛이 있다는 걸 알게 되는 건,
참 좋은 발견이다.
딸기 맛, 바나나 맛 사탕만 있는 게 아니라
바람 맛 박하사탕도 있고!
구름 맛 솜사탕도 있고!
여러 가지 맛을 느껴본 아이들이 맛도 여러 가지로 표현할 수 있다.
사탕 하나를 맛보더라도, 아이가 새로운 표현을 하고
새로운 느낌을 간직할 수 있도록 아빠가 질문을 많이 하자.

산책하는
아빠가 제일 좋아!

다섯 살 연우에게 물어봤다.
"연우는 어떤 아빠가 좋아요?"
"음… 아이스크림 사주는 아빠!"
그래서 나는 집에 일찍 들어오는 날이면
연우랑 둘이서 아이스크림을 먹으러 자주 갔다.
그런데 연우가 여섯 살이 된 후, 그 해 5월에 물었더니
"난, 컵케이크 사주는 아빠가 제일 좋아."라고 했다.
난 한동안 연우와 컵케이크를 먹으러 다녔다.

9월이 되자, 연우의 대답이 또 달라졌다.
"아빠, 난 산책하는 아빠가 제일 좋아."
그때부터 난 연우와 산책을 많이 했다.
그런데 산책을 나가면,
"아빠, 나 아이스크림 먹고 싶어."
"아빠, 나 컵케이크 먹고 싶어."
"아빠, 나 저 인형 갖고 싶어."

228

연우는 원하는 걸 한 가지만 얘기하는 게 아니라
원하는 걸 모두 얘기했다.
아무래도 일단, 집에서 나가야
자기가 원하는 걸 얻을 수 있다고 판단한 걸까?

일곱 살 봄, 여전히 연우가 가장 좋아하는 아빠는
'나랑 같이 산책하는 아빠'다.
연우에게 당했지만, 왠지 기분은 좋다.

선물을 자주 사주는 아빠도 좋지만
아이와 자주 놀아주는 아빠도 좋다.
비싼 선물을 사주는 아빠도 좋지만
아이가 원하는 선물을 사주는 아빠도 좋다.
작은 선물이라도 아이의 마음을 먼저 알고 준비하는 아빠,
아이와 함께 하는 '시간'을 선물하는 아빠도 좋은 아빠다.

아빠!
바다코끼리 알아?

연우는 어린이집에 갔다 오면, 그 날 배운 걸 자랑한다.

"아빠, 바다코끼리 알아?"

"바다코끼리? 잘 모르는데."

"바다코끼리는 양쪽 이빨이 달라.

한 쪽은 뾰족하고 한 쪽은 뭉툭하거든."

"어? 왜 다르지?"

"뾰족한 쪽은 조개를 깰 때 쓰는 거야.

뾰족해야 조개를 다 잘 깰 수 있거든."

"와! 대단하다! 그거 어떻게 알았어?"

"이 정도로 뭘."

별것 아니라는 듯 우쭐대더니, 어린이집 가방을 벗어두고

손을 씻으러 화장실에 들어가는 연우.

정말, 다섯 살, 여섯 살, 일곱 살…

이 나이는 스펀지처럼 모든 지식을 빨아드리는 나이인 것 같다.

아빠의 리액션은 아이에게 용기를 주고 자부심을 느끼게 한다.
"잘한다! 잘한다!" 건성으로 하는 말보다는
진심으로 놀라고 감탄해주는 리액션이 중요하다.
그리고 아이에게 퀴즈를 내고 맞히나 못 맞히나 심사하는 아빠보다
아이가 낸 퀴즈를 맞혀 보고 때론 정답을 알면서도 틀려주는 아빠를
아이들은 더 편하게 생각한다.

마음이
놓이네요!

어린이집에서 글씨를 배운 후
연우가 두 번째 손편지를 써 왔다.
이번에는 엄마에게 쓴 편지였다.
"엄마, 나 엄마한테 편지 썼다!"
"오! 고마워! 뭐라고 썼어?"
"뭐라고 썼냐면, 바로 바로! 짜잔!"

아내가 편지를 뜯어보니 거기엔 이렇게 적혀 있었다.
'엄마 사랑해요. 엄마가 있어서 마음이 놓이네요.'
"와, 연우야 고마워. 엄마랑 있으면 마음이 놓여?"
"응. 편해. 엄마 없으면 나 혼자 있어야 되잖아."
"그래. 걱정 마. 엄마가 함께 있어줄게."
"응. 난 엄마랑 같이 있으면 마음이 놓여."

여섯 살이 넘으면,
아이는 자신의 '마음'을 표현할 줄 알게 된다.
아이가 부모에게 처음 쓰는 편지는 아마도,
그동안 마음속에 오래오래 담아두었던 얘기일 거라고 생각한다.
아이가 고마운 마음을 표현할 줄 아는 아이로 성장할 때,
부모의 기쁨은 배가 된다.

에휴,
또 시작이네

부부 싸움을 안 하는 가정은 없을 것이다.
아이 앞에서는 절대 부부 싸움을 하지말자고 다짐하지만
나도 모르게 아내와 티격태격하고 있을 때가 있다.

하루는 외식을 하려고 하는데
아내와 내가 먹고 싶은 메뉴가 달랐다.
"어제도 회식하느라 고기 먹었으니까 오늘은 다른 거 먹자."
"난 고기 먹고 싶어."
"나 진짜 고기 못 먹겠어서 그래."
"됐어. 그럼 그냥 집에서 먹어."
"뭘 또 집에서 먹어. 외식하기로 했는데!"
정말 별것도 아닌 것 때문에 티격태격하고 있는데
연우가 그 모습을 지켜보더니, 한숨을 푹 쉬며 말했다.
"에휴, 또 시작이네."
그 얘기를 듣고 아내와 난 웃음이 빵 터졌다.
"연우야 뭐라고?"

"에휴, 또 시작이라고."

"엄마, 아빠 싸운 거 아니야. 그냥 서로 의견 얘기한 거야.
우리 그럼 연우가 먹고 싶은 거 먹으러 가자.
연우는 뭐 먹고 싶어?"

"고기!"

"오 예! 그럼 우리 고기 먹으러 가자."

부모 입장에서는 아이에게 좋은 것만 보여주고 싶고
좋은 말만 들려주고 싶지만,
아이들은 모든 것을 보고, 모든 말을 듣는다.
어쩌면 어른들 눈에 잘 보이는 건 아이들 눈에도 잘 보이고
어른들 귀에 잘 들리는 말은 아이들 귀에도 잘 들릴지도 모른다.
아이가 어릴 때 특히, 아이들 앞에서는 말도, 행동도 조심하자.

공주가
밥을 흘리면 안 되지!

연우는 왼손잡이라서

왼손에 있는 숟가락으로 밥을 먹고

오른손에 있는 젓가락으로 반찬을 먹다가

음식을 자주 식탁에 흘리곤 한다.

"소피아 공주님! 공주님이 밥을 흘리면 안 되죠?"

난 일부러, 연우가 가장 좋아하는 '소피아 공주'라고 연우를 불렀다.

"아빠, 난 소피아 공주가 아니야."

"그래도 연우도 공주님인데 자꾸만 음식 흘리면 안 되잖아."

"내가 소피아 공주면 아빠는 폐하야?"

내 옷차림을 보니, 반바지에 목이 늘어난 반팔 셔츠를 입고 있었다.

"어? 아빠… 폐하 아니야."

"그럼 나도 소피아 공주 아니잖아."

"그래. 우리 그냥 밥은 편하게 먹자!"

너 이제 아빠한테 논리로 들이대는구나. 쳇.

아이와 말싸움에서 지고나면 아빠는 속으로 기분이 좋다.

아이가 이제 나름의 자기 논리를 펼 수 있다는 거니까.

평소 아이와 대화를 많이 하고

아이에게 원인과 결과를 잘 설명해주면

아이는 어느새 판단력이 생기고

자신의 의견을 논리에 맞게 주장할 수 있게 된다.

그럼 딱
한 숟가락씩만 먹어!

영화 〈개구쟁이 스머프〉를 보고 온 날,

밥을 먹다가 연우가 물었다.

"아빠, 사람이 스머프처럼 작으면 어떨까?"

"글쎄, 그럼 우리 집이 엄청 큰 집이 되고

연우 신발도 비행기처럼 크게 보이겠지?"

"그럼 스머프들은 이 소시지 하나만 먹어도 배 엄청 부르겠다. 그렇지?"

"응, 그럴 거야."

"아빠, 사람은 스머프가 될 수 없어?"

"응. 사람은 사람이잖아…… 왜 밥 먹기 싫어?"

"응. 나 소시지 한 개만 먹어도 배불렀으면 좋겠어."

"그럼 밥 한 숟가락! 소시지 한 개! 김치 한 조각!

두부 한 조각만 먹고 그만 먹어. 그럼 됐지?"

"아빠, 한 숟가락만 먹으면… 나 스머프 되는 건 아니겠지?"

"아니야. 배고프면 먹고, 배 안 고프면 지금 안 먹어도 돼!"

아이들은 시간 맞춰 배가 고픈 게 아니기 때문에
밥을 먹기 싫어할 때가 많다.
재밌는 놀이가 있으면
아이는 더더욱 밥을 먹기 싫어하고 밥에 관심이 없다.
그럴 땐 몇 가지 약속을 통해
아이의 식습관을 바로 잡아주는 게 좋다.
억지로 밥을 다 먹게 할 필요는 없지만
제때 식사하는 습관을 길러주는 것은 중요하다.

발가락이
노래를 해!

캠핑을 가면 도시에서 해볼 수 없는 것들을 많이 경험한다.
세 잎 클로버들 사이에서 네 잎 클로버도 찾아보고
졸졸졸 흐르는 냇물에 발을 담그기도 하고
작은 물고기나 다슬기를 잡을 수도 있다.

늦은 여름, 파주에 있는 〈산머루 농원〉으로 캠핑을 갔는데
캠핑장 위에 계곡이 있었다.
아침 일찍 일어나, 연우와 함께 계곡물에 발을 담갔다.
"아! 시원하다. 아빠! 발이 정말 시원해!"
"어때, 간질간질하지?"
"응. 발가락이 피아노를 치면서 노래를 해."
"그래? 그럼 아빠도 같이 피아노 칠까?"
"응. 옆에서 같이 피아노 치면서 노래해줘!"

우리는 그날 아침, 졸졸졸 흐르는 시냇물에서
멋진 연주회를 했다.

요즘 아이들은 스마트폰 안에서 모든 신기한 경험을 한다.
그런데 세상을 살아가는 지혜는 스마트폰 안에 들어있는 게 아니다.
조금 귀찮더라도 밖으로 나가면
사방에 재밌는 자연 교육이 널려있다.
아이에게 자연을 경험하게 해준다는 건
책 열 권을 선물해주는 것만큼 좋은 경험이다.

별이 자꾸만
따라와!

연우와 저녁 산책을 하고 있었다.

"와! 별이다!"

"어디? 저건 달이야."

"아니 달 옆에, 작은 별 있잖아!"

"어, 진짜네."

연우가 몇 걸음 더 걷다가 갑자기 멈춰 서더니 말했다.

"아빠, 근데 왜 별이 자꾸만 나를 따라오지?"

"별이 따라오는 게 아니라 지구가 도는 거야!"

"지구가 돌아? 빙빙빙?"

"응. 빙빙빙."

"그럼 넘어지지 않게 중심을 잘 잡아야겠네. 조심 조심."

"연우야! 연우가 저 별을 발견했으니까,

우리 저 별 이름 연우별이라고 할까?"

"연우별? 응 좋아."

연우와 산책하는 내내 연우별이 반짝거리며
우리 뒤를 졸졸 따라왔다.
저 많은 별 중에 연우별이 하나 있다는 것만으로
우린 하늘을 자주 보게 됐다.

마음만 먹으면 아이에게 많은 것을 줄 수 있다.
산에 있는 나무 중에도 연우나무가 있고
하늘을 나는 새 중에도 연우새가 있다.
아이의 이름으로 된 것들이 많으면
그만큼 아이는 자연에 관심을 갖게 되고
아이 스스로 자부심도 갖게 된다.
내 아이가 별과 나무 그리고 꽃과 더 친해질 수 있는
계기를 많이 만들어주자.

아빠,
사랑은 슬픈 거야?

어린이집에 갔다 온 연우가 심각하게 물었다.

"아빠! 사랑은 슬픈 거야?"

"아니, 사랑은 행복한 건데."

"아니야, 사랑은 엄청 엄청 슬픈 거래."

"누가 그래?"

"가온이가 그러는데, 사랑하다가 헤어지면 엄청 슬퍼서
과자가 목구멍으로 안 넘어 간대."

"하하하하하"

"아빠 웃지 마. 난 지금 심각하단 말이야!"

"알았어. 연우는 아빠, 엄마랑 안 헤어지니까 걱정 마."

"헤어지면 나 너무 슬프단 말이야. 으앙~"

"안 헤어져. 울지 마."

과자가 목구멍으로 안 넘어간다는 게 연우에게 큰 충격이었나 보다.

뭐, 여섯 살에겐 그게 가장 중요한 문제겠지…….

아, 사랑이 뭐기에.

아이가 가끔씩,
사랑에 대해 얘기하고
이별에 대해 얘기하면
부모는 최대한 자연스럽게 반응해주는 게 좋다.
그리고 가능하면 그 나이에 느낄 수 있는 사랑의 크기만큼
느끼게 해주는 게 좋다.
사랑이라는 감정도 자연스럽게 변하고
자연스럽게 자라나는 거니까.

나
할머니 선물 사줄래

크리스마스 무렵에 아내의 친구들이 놀러 와서

연우에게 용돈을 만 원씩 줬다.

모두 합치면 7만 원.

아내는 연우에게 약속을 했다.

"연우야! 이제 연우 용돈 7만 원 생겼으니까

연우가 갖고 싶은 선물 있으면 말해.

연우 용돈 안에서 사줄게. 알았지?"

"응. 그럼 나 갖고 싶은 거 말해도 돼?"

"응. 잘 생각해서 엄마한테 말해줘."

그리고 일주일 후, 우리 가족은 명동으로 쇼핑을 하러 갔다.

여기저기 옷을 둘러보고 있는데

연우가 화장품 가방 하나를 들었다 놨다 하면서

유심히 살펴보고 있었다.

"연우야! 그건 어른들 가방이야."

"나도 알아. 나 할머니 선물 사주고 싶어서 그래."

"아… 할머니 그거 사드리고 싶어?"

"응. 나 할머니 선물 사줄래."

연우는 결국 2만5천 원짜리 작은 가방을 골랐고
포장지로 잘 포장해서 할머니께 갖다 드렸다.

연우야, 이러니 너를 안 예뻐할 수 있겠니?

아무리 부모라고 해도 아이의 생각을 모두 알 수는 없다.
내가 낳았으니까, 내 아들, 내 딸이니까
저 아이의 마음은 내가 다 알고 있다고 생각하는 건
정말 큰 착각이자 오해다.
아이의 생각을 알고 있다고 생각하는 순간,
아이를 불필요하게 구속하기 시작한다.
절대, 아이의 마음을 알고 있다고 생각하지 말자.
만약 아이의 생각을 다 알고 있다고 느낀다면,
그건 아이가 부모에게 맞춰주고 있는 것이다.

아빠!
나 눈 좀 가려줘!

크리스마스를 앞두고 동네 마트에 갔는데
팅커벨 인형이 들어 있는 케이크가 있었다.
"아빠, 나 이거 갖고 싶어."
"집에 케이크 있잖아. 그리고 인형도 또 있고."
"그래도 나 너무 갖고 싶어. 제발~"
"집에 있는 물건 또 사는 건 낭비라고 했잖아. 사지 말자 연우야."
"알았어. 그럼 아빠가 나 눈 좀 가려줘."
"눈? 왜?"
"나, 저거 보면 너무 갖고 싶어서 못 참을 것 같단 말이야.
그러니까 아빠가 내 눈 좀 가려줘."
"알았어. 눈 가려줄게."

우리는 마트를 돌아다니는 내내 연우의 눈을 가리고 다녔다.
'안 된다'는 말을 하지 않고 우린 서로 좋은 협상을 했다.

아이는 충동적일 때가 많다.
꼭 갖고 싶다고 했다가 그 순간이 지나고 나면
그 후에는 한 번도 그 물건에 대해서 얘기하지 않는 경우가 많다.
무조건 '안 된다'고 나무라지 말고
아이와 즐거운 협상을 해보자.
아이가 필요한 걸 줄 수도 있고,
부모가 원하는 걸 얻을 수도 있는 즐거운 협상!

그럼
그 친구도 울잖아!

"아빠, 나 오늘 어린이집에서 울었어."

"왜 울었는데?"

"친구가 자꾸 놀려서!"

"왜?"

"내가 글씨 쓰는데 '이연우 올림'이라고 써야 하는데

'이연우 올람'이라고 썼다고 자꾸만 놀려."

"연우가 실수한 건데?"

"응. 글씨 쓰는 데가 너무 작아서 내가 실수한 건데

자꾸만 '올람 올람' 하면서 놀려."

"그럼 연우도 그 친구 놀리면 되잖아."

난 순간 화가 나서 내 감정대로 얘기해버렸다.

"그럼 그 친구도 나처럼 울잖아!"

연우가 내 생각이 잘못됐다는 듯 짜증내면서 말했다.

"아, 그렇구나. 그럼 다음에는 연우가

'사람은 누구나 실수할 수 있는 거야'라고 말해주면 어떨까?"

"응. 다음에는 그렇게 말할게."

아이가 누군가와 싸우고 왔거나 울고 왔을 때,
혹은 다른 아이에게 놀림을 받았다고 하면
부모가 더 흥분할 때가 있다.
그런데 부모가 흥분하면 아이들은 더 당황한다.
그리고 아이들은 그 흥분을 똑같이 배우게 된다.
아이가 울거나 누군가와 싸우고 왔을 때는
일단 아이의 마음을 위로해주고 진정시켜 주는 게 우선이다.
그 다음 문제 해결은 아이와 차근차근 상의해나가자.

아빠,
할머니 울었다!

할머니 댁에서 돌아온 연우가 말했다.

"아빠! 할머니 울었다!"

"왜? 어디 아프셔?"

"그게 아니라. 삼촌 보고 싶어서 우셨대."

연우의 삼촌은 지금 군대에 있는데

추운 날씨에 고생할까봐 장모님께서 눈물을 보이셨나 보다.

"아빠, 근데 보고 싶은데 왜 울어?"

"너무 보고 싶으면 눈물이 나는 거야.

연우도 엄마, 아빠 보고 싶다고 울었잖아."

"그때는 아기 때였으니까 운 거지."

"너무 너무 보고 싶으면 눈물이 나는 거야."

"아빠, 나는 병건이 보고 싶은데 눈물이 안 나."

"병건이는 내일 어린이집에 가서 보면 되니까 그렇지."

"아, 그래서 눈물이 안 나는구나. 고마워 아빠."

너도 누군가가 보고 싶어서 눈물 흘릴 날이 오겠지?

책을 많이 읽어준다고 감성이 자라는 게 아니다.
자신의 마음이 움직이고
자기 마음속에 여러 가지 감정이 있다는 걸
아이가 스스로 깨달아야 감성이 자란다.

나 결혼할 때
엄마 립스틱 발라도 돼?

여섯 살이 넘자 연우는 결혼에 대한 질문을 많이 했다.

"엄마, 아빠 결혼할 때 나는 어디 있었어?"

"아빠, 난 누구랑 결혼해?"

연우는 하루에 한 번씩, 꼭 결혼에 대한 걸 물어봤다.

"아빠, 나 결혼할 때 어떤 드레스 입을까?"

"연우가 좋아하는 걸로 고르면 되지."

"발이 안 보이는 긴 드레스, 그리고 반짝거리는 왕관!

왕관은 높이 솟아있는 거 쓰고 싶어.

구두는 리본 달린 빨간색 구두."

"그래. 예쁘게 입고 결혼해."

"아빠, 그리고 결혼할 때는 브래지어 해도 되지? 엄마처럼!"

"그럼. 어른이니까 해도 되지. 근데… 누구랑 결혼할 거야?"

"엄마가 아직 정하지 말래. 그래서 나중에 정할 거야."

"아……."

"아빠, 나 결혼할 때 엄마 립스틱 발라도 돼?"

“응. 발라도 돼.”

“그럼… 지금 연습해보면 안 될까?”

“지금?”

“응. 대신 엄마한테는 비밀이야.”

“알았어. 조금만 발라봐.”

립스틱을 바르고 거울 앞에서 어찌나 여우짓을 하던지.

연우야! 너 결국 립스틱 바르고 싶어서 결혼 이야기를 꺼냈구나!

아이와 둘만의 비밀을 만들어보자.
아이의 비밀을 지켜주면 아이도 아빠의 비밀을 지켜준다.
서로 비밀을 지켜주면, 둘의 사이는 더 없이 돈독해지고
'같은 편'이라는 친근감을 느끼게 된다.

어느 날의 일기 #7

"자기야, 우리처럼 아이를 키우는 엄마, 아빠를 '스칸디맘', '스칸디대디'라고 한대."

그 말을 듣고 스칸디맘, 스칸디대디가 무엇인지 찾아봤다.
스칸디맘, 스칸디대디란
스칸디나비아식 자녀 양육 방식으로 아이를 키우는
엄마, 아빠를 지칭하는 신조어라고 한다.
그들은 자신의 인생을 자녀를 위해 포기하지 않으면서
자신을 위해 살아가고, 아이에게도 소홀하지 않는다.
그리고 아이들과 함께 산책을 하고 독서를 하면서
이야기를 나누는 교육법 등을 택해
자녀와의 정서적 교감과 공감대 형성을 중시한다.

그중에 가장 마음에 드는 이야기는
'집을 놀이터로 만들지 않는다'는 이론이었다.

요즘은 놀이터에 가도 아이들이 없다.

요즘 아이들은 사소한 놀이까지도 학원에 가서 배운다.

나중에는 친구를 사귀는 법을 알려주는 학원까지 생기지 않을까

걱정된다.

우리 가족의 주말은 조금 다르다.

우리는 주말이면 아침 9시에 밥을 먹고 집을 나온다.

유모차를 끌고 천천히 남산쪽으로 걸어 올라가서

소월길을 걸으며 아내와 주중에 못 다한 이야기도 하고

연우가 어린이집에서 무슨 일이 있었는지 서로 대화를 하면서 걷는다.

연우는 걸어가면서 나뭇잎도 줍고, 돌멩이도 줍고, 솔방울도 줍는다.

그렇게 모은 걸 쓰레기통에 다 버리기도 하고

솔방울은 보물이라며 따로 챙겨두기도 한다.

그렇게 소월길을 돌아 남대문까지 걸어가면

살짝 배가 고프기 때문에 간식이 당긴다.

그럼 남대문에서 파는 씨앗 호떡을 사먹거나

만두를 사서 간식으로 먹으며 남대문 시장을 구경한다.

가끔 연우가 좋아하는 장난감이 있으면 사주고

90% 세일하는 집에서 연우 옷을 몇 가지 사기도 한다.

그렇게 남대문 구경이 끝나면

우리는 시청을 지나 광화문 광장으로 걸어간다.

여름에는 광화문 광장 분수대에서 물놀이를 하고

봄, 가을에는 청계천을 따라 걷는다.

걷다보면 물고기도 있고, 물새도 있다.

그럼 연우에게 물고기와 새 설명을 해주면서 걷고 또 걷는다.

징검다리가 나오면 연우랑 폴짝폴짝 건너가며 사진도 찍는다.

그렇게 청계천을 따라 걷다가 동대문까지 걸어가면 또 배가 고프다.

그럼 동대문에 있는 〈진옥화할매 닭한마리〉에 가서

떡사리를 추가해 닭 한 마리를 먹는다.

정말, 가격대비, 최고의 맛집이다.

거기에서 닭 한 마리에 칼국수까지 먹고 나면 배가 엄청 부르다.

그럼 우리는 또 걷는다.

이번엔 충무로쪽에 있는 〈중앙시장〉을 걸어 다니며

건어물 구경을 한다.

"연우야, 저게 오징어야. 저거는 문어!"

수족관에 가서 살아있는 물고기를 보는 것도 좋지만

건어물 시장에 가서 마른 물고기를 보는 것도 좋은 경험이다.

연우가 피곤하다고 하면 유모차에 태워 잠시 쉬라고 하고

아내와 나도 커피 한 잔을 마시며 휴식을 취한다.

커피 한 잔을 나눠 마시고 다시 남대문쪽으로 걸어가서

버스를 타고 집에 오면 저녁 6시.

집에 와서 연우를 목욕시키고 나면, 하루가 정말 꿀처럼 달다.

평소에 시간이 없어서 못 했던 운동, 하루 종일 걸어 다니며 만회했고

평소에 먹고 싶었던 음식, 저렴한 가격에 먹었고

평소에 못 나눴던 대화, 8시간을 걸어 다니며 서로에게 다 털어놨다.

그날 하루는 연우에게 멋진 영화 한 편으로 기억되고

우리 부부에게는 잊을 수 없는 주말 데이트로 기억된다.

집을 놀이터로 만들면 아이들이 밖에 나가서 노는 법을 잊어버린다.

집 밖으로 나오면 아이들은 스마트폰을 찾지 않는다.

아무리 좋은 집이라고 해도, 아이들이 놀기에는 좁다.

그리고 아무리 큰 집이라고 해도, 아이들의 상상력을 감당할 수가 없다.

주말에는 집 밖으로 나가자.

그리고 함께 걷고, 함께 이야기를 나누자.

그럼 아이에게 교육보다 더 값진 추억을 선물할 수 있다.

나 오늘
뽀뽀친구 해줬다!

"아빠! 나 오늘 '뽀뽀친구' 해줬다!"

어린이집에 다녀온 연우가 가방을 벗어 던지며 자랑했다.

"뽀뽀친구? 그게 뭔데?"

"친구 생일에 앞에 나가서 뽀뽀를 해주는 거야!"

"그럼 뽀뽀 선물을 주는 거네?"

"응. 오늘 하은이 생일인데

내가 하은이 뽀뽀친구 해줘서 정말 좋아."

"연우 생일도 아닌데 그렇게 좋아?"

"그럼. 내가 뽀뽀친구 해줬으니까 내가 기분이 좋지!"

자기중심적인 사고방식에서 벗어나
자신의 행복만 중요한 게 아니라
다른 사람의 행복도 중요하다는 걸 깨달아 가면서
아이는 서서히 어른이 된다.
내 아이를,
친구 생일도 축하해줄 수 있는 아이,
사랑을 받을 줄 알지만
사랑을 줄 줄도 아는 아이로 키우자.

나를 꼭 안아주고
'미안해'라고 두 번 말해줘!

"연우야! 아빠랑 레슬링 하자!"

"나 레슬링 싫어."

"에잇, 그래도 놀자!"

난 연우를 잡고 이리 굴리고 저리 굴리고

겨드랑이도 간질이고, 신나게 놀았는데

연우가 갑자기 큰소리로 울었다.

"으앙~"

아내가 주방에서 달려와 연우에게 물었다.

"연우야 왜? 어디 다쳤어?"

"으앙. 아빠 때문에….."

"자기야! 연우는 심한 장난치는 거 싫어해. 그렇지 연우야?"

"응. 난 심한 장난치는 거 싫어."

난 미안해서 연우에게 사과를 했다.

"연우야, 아빠가 미안해."

"아빠! 미안하다고 할 때는 나를 꼭 안아주고

'미안해'라고 두 번 말해줘야지!"

난 연우를 꼭 안아주고 '미안해'라고 두 번 말해줬다.
연우는 그제야 울음을 그쳤다.
그 날 이후 연우와 화해할 때는
무조건 연우를 꼭 안아주고 '미안해'라고 두 번 말해준다.

아이와 화해할 때는 부모 마음대로 하지 말고
아이의 눈높이에서 해줄 필요가 있다.
부모 마음대로 화해를 하면
아이 마음의 때가 깨끗이 씻어지지 않는다.
아이가 원하는 화해가 무엇인지 꼭 들어보고
아이가 원하는 방식으로 화해를 청하자.

나뭇잎은
왜 못 날까?

하루는 연우가 어느 집 벽에 붙어 있는 담쟁이를
한참 동안 바라보더니 말했다.

"아빠, 이 나뭇잎 나비처럼 생겼어!"

"어디? 진짜! 양쪽에 날개가 있고 나비처럼 생겼다."

"아빠, 나… 이 나뭇잎 한 번만 따도 돼?"

"나뭇잎은 따면 안 돼."

"제발~"

"알았어… 그럼 하나만 따."

연우는 조심스럽게 나뭇잎 하나를 땄다.

"아빠! 근데 이 나뭇잎은 나비같이 생겼는데 왜 못 날까?"

"날개가 없으니까 못 날지."

"아니야! 바람이 불면 이 나뭇잎도 날 수 있어!"

난 뒤통수를 한 대 맞은 느낌이었다.

"아빠, 우리 바람 불 때까지 기다리면 안 될까?"

"그래. 기다리자."

그렇게 한참을 기다렸는데도 바람이 불지 않았다.

우리는 결국 공원 육교에 올라가서 육교 밑으로 나뭇잎을 던졌다.

"오! 아빠 봤지? 나뭇잎 날아가는 거!"

"어? 어…."

사실은 나뭇잎이 그냥 밑으로 나풀나풀 떨어진 거지만

연우가 날아간 거라고 하니까 그렇게 믿어주기로 했다.

아이들의 상상력은 정말 끝이 없다.
아이들의 상상 속에서는 안 되는 것도 없고, 불가능한 것도 없다.
나뭇잎도 바람이 불면 날아갈 수 있다는 것.
그 평범한 진리를 아이를 통해 다시 배웠다.

아빠,
나 결혼이 힘들 것 같아

어린이집에 갔다 온 연우가 가방을 내려놓으며 말했다.

"아빠, 나 결혼이 힘들 것 같아."

"왜 결혼이 힘들어?"

"친구 네 명이 나랑 결혼하고 싶다고 하잖아. 그러니까 힘들지."

"친구 네 명? 그럼 어떡하지?"

"그런데 마음속으로 한 명 결정했어."

"어떻게 결정했어?"

"내가 업어달라고 하니까 다른 친구들은 힘이 없어서 못 업어준다는데
지훈이만 나를 업어줄 수 있다고 해서, 지훈이가 제일 좋을 것 같아."

"지훈이 멋지다!"

"하지만 아직 결정한 건 아니야."

"왜?"

"지훈이는 나랑 결혼하고 싶은 거지만
난 아직 병건이를 더 좋아하거든."

이 요물! 어릴 때부터 그렇게 남자를 들었다 놨다 하면 안 돼!

아이들이 노는 걸 보면 어른들의 축소판처럼 느껴질 때가 많다.
그도 그럴 것이,
아이들 눈에는 어른들 세상이 가장 많이 보이기 때문에
자연스럽게 어른들처럼 말하고, 어른들처럼 생각할 수밖에 없다.
그래서 어른들의 행동이 중요하고
아빠의 말 한마디, 엄마의 말 한마디가 더 중요한 법이다.

아빠가 그림 좀
도와주면 안 될까?

난 컴퓨터 앞에 앉아 글을 쓰고 있었고
연우는 거실에서 그림을 그리고 있었는데
연우가 갑자기 나를 찾았다.
"아빠! 나 그림 그리는 거 도와주면 안 될까?"
"응. 알았어."
난 글 쓰던 것을 잠시 멈추고 연우에게 달려갔다.
"아빠가 뭐 도와줄까? 색칠하는 거 도와줄까?"
"아니, 그냥 나랑 같이 있어달라고."
"도와달라며? 아빠가 도와줄게."
"그냥 여기 같이 있는 게 도와주는 거야."
"어, 그… 그래."

아이들이 원하는 건 작은 배려와 섬세한 관심이다.
아빠가 그림을 그려주길 원하는 게 아니라
자기가 그림 그리는 걸 아빠가 봐주길 바라는 것.
함께 미끄럼틀에 올라가지 않아도 다정하게 살펴주는 것.
그네를 밀어주지 않아도 다정하게 바라봐 주는 것.
아이들이 아빠에게 원하는 건,
대부분 작고 섬세한 것들이다.
아이의 작은 목소리에 귀를 기울이면
더 좋은 아빠가 될 수 있다.

그럼요!
당연하죠!

연우는 한동안 텔레비전에서 나오는 〈네네치킨〉 광고를 따라했다.
"그럼요, 당연하죠 네네치킨~!"
처음에는 노래만 따라하더니 나중에는 동작까지 따라했다.
그게 그렇게 재밌는지, 〈네네치킨〉 광고만 나오면
웃으면서 따라했다.

그러던 어느 날,
치킨이 먹고 싶어서 치킨 배달을 시켰는데
'딩동!' 벨이 울리자 연우가 부리나케 현관으로 달려갔다.
인심 좋게 생긴 치킨집 아저씨가 직접 배달을 오셨는데
갑자기 연우가 그 아저씨 앞에서 율동과 함께 노래를 불렀다.
"그럼요. 당연하죠. 네네치킨~! 그럼요 당연하죠 네네치킨~!"
그런데 아저씨는 웃지도 않고 돈만 받고 그냥 가버리셨다.
"연우야! 우리 페리카나 시켰단 말이야!!"

아이들에겐 무언가를 자랑하고 싶어 하는 마음이 있다.
그럴 땐 마음껏 자랑하도록 판을 깔아주고 칭찬을 해주자.
그래야 다음에 또 자랑하고 싶어서 자신의 재능을 개발한다.
내 아이가 아니더라도,
아이가 춤을 추고 노래를 하고 무언가를 자랑하면
"잘한다! 잘한다!" 칭찬을 아끼지 말자.

메이는
키가 작잖아!

한동안 연우가 강아지를 사달라고 졸랐다.

"아빠, 제발~ 우리 집에도 강아지 있었으면 좋겠어."

"엄마, 아빠 출근하고 연우도 어린이집에 가면

강아지 혼자 집에 있어야 하잖아. 그럼 외로워서 안 돼."

"내가 잘 돌봐주면 되잖아. 제발~"

그런데 정말 우연히,

고향 후배가 두 달 동안 여행을 간다며

강아지를 맡아줄 수 있냐는 제안을 해왔다.

그 강아지는 '비숑 프리제'라는 종이었고

'메이'라는 이름을 갖고 있는 아이였다.

메이가 우리 집에 처음 오던 날,

연우는 메이를 껴안고 잠이 들 정도로 메이를 좋아했다.

어린이집에 갔다 오면 메이와 함께 산책을 하고

메이 간식도 꼭 연우가 챙겨 줬다.

"앉아! 메이! 언니 말 들어야지! 앉아!"

연우는 메이를 정말 친동생처럼 잘 데리고 다녔고

메이와 다정하게 소통하는 모습을 보니

동생을 낳아주고 싶다는 생각까지 들었다.

그런데 연우가 어린이집에 갔다 와서

메이에게 인사를 할 때면 항상 바닥에 누워서 인사를 했다.

"메이야! 맘마 먹었어? 언니 기다렸지?"

그래서 난 연우에게 말했다.

"연우야! 메이를 안아주고 인사하면 되잖아."

"아니야. 메이는 키가 작으니까 내가 엎드려서 인사하는 게 편해.

메이가 고개를 높이 들면 불편하잖아."

연우가 메이와 점점 정이 드는 걸 보며

나는 연우가 메이와 잘 헤어질 수 있을지 걱정이 됐다.

'울고 불고 난리가 날 텐데… 몰래 보내야 하나?'

아내와 나는 별의별 걱정을 다 했는데,

연우에게 '헤어짐'이라는 것도 알려줘야 겠다고 다짐했다.

"연우야, 두 밤만 자면 메이는 메이네 집으로 가야 돼."

"메이 그냥 우리 집에 살면 안 돼?"

"메이는 메이네 집으로 가야 돼."

아니나 다를까 연우는 눈물을 뚝뚝 흘리며 메이를 껴안았다.

"아빠, 그럼 나 메이랑 사진 찍어줘."

그날 저녁 메이와 연우 사진을 백 장도 넘게 찍어줬고

연우는 메이와 함께 찍은 사진을 보며 깔깔깔 웃었다.

그리고 이틀 후, 메이가 떠나는 날이 왔다.

"메이야 잘 가! 또 만나!"

연우는 그렇게 쿨하게 메이와 헤어질 수 있었다.

"아빠, 메이는 잘 있을까?"

한동안 연우는 나에게 메이의 안부를 물었다.

조금 불편하더라도 아이의 눈높이에 맞춰서 인사를 나눠 보자.
오랫동안 높은 곳을 올려다보면
고개가 아프고 불편하기 마련이다.
아이들은 자기가 불편하다는 걸 알기 때문에
강아지를 보면 앉아서 얘기하고
더 작은 생명체를 접할 때는 엎드려서 인사를 하기도 한다.
나를 조금만 낮추면 아이들을 더 많이 이해할 수 있다.

아빠는
자석 같아!

연우와 아침에 헤어졌다가 저녁에 만날 때면
연우는 항상 팔을 벌리고 나에게 달려온다.
"아빠!"
"연우야! 점프!"
연우가 점프를 하면 나는 연우를 번쩍 안아준다.
"아빠, 아빠는 자석 같아."
"왜?"
"난 아빠를 보면 막 달려가고 싶거든."
"진짜? 아빠도 연우를 보면 막 달려가고 싶은데!"
"그럼, 아빠랑 나는 다른 영어야."
"다른 영어? 왜?"
"자석은 같은 영어끼리는 서로 밀어낸단 말이야.
다른 영어끼리는 착 붙고. 그러니까 아빠랑 나는 다른 영어지!"
"아, 그건 N극과 S극이라고 하는 건데
우와! 연우가 그런 것도 아는구나!"
"응. 하지만 플라스틱은 자석에 붙지 않아."

"대단한 걸! 그럼 이제부터 연우는

아빠가 부르면 언제든 자석처럼 달려와야 해! 알았지?"

"응!"

아이는 아빠가 모르는 사이에 많은 것을 배우고 쑥쑥 성장한다.
아이가 새로운 지식을 자랑할 때는
아이가 자부심을 가질 수 있도록 공감해주고 응원해주는 게 좋다.
초등학교에 들어가기 전까지
아이의 지식이 '맞다', '틀리다'가 중요한 게 아니라
아이의 머릿속에 '지식'이라는 방을 만들어주는 게 더 중요하다.
그 방을 미리 만들어놓으면 나중에 스스로 공부하는 데 큰 도움이 된다.

우리,
이야기를 만들어 볼까?

연우와 함께 자주 가는 남산 공원에는 〈유아 숲 체험장〉이 있다.

거기엔 나무로 만든 징검다리도 있고,

나무로 만든 사슴과 호랑이, 여우

그리고 나무로 만든 미로와 그네도 있다.

"연우야! 저거 뭐지? 사슴인가?"

"응. 사슴인데 의자같이 생겼어. 아빠 나 사슴 의자에 앉아도 돼?"

"응. 앉아도 돼."

"아빠 얘 이름은 뭘까?"

"글쎄. 연우가 이름을 지어주면 어떨까?"

"그럼 '머머류' 어때?"

"머머류? 그게 무슨 뜻인데?"

"아니 뜻이 아니라. 얘 이름은 머머류가 잘 어울릴 것 같다고."

"그래. 그럼 얘 이름은 머머류라고 하자."

그리고 둘러보니 나무로 만든 호랑이 의자도 있었다.

"연우야! 그럼 이 호랑이 이름은 뭐라고 할까?"

"음… '써머'라고 할래!"

"써머? 뭐… 뜻은 없는 거지?"

"뜻이 아니라 이름이 써머라니깐."

"알았어. 저기에 여우도 있다. 여우 이름은 뭐라고 하지?"

"음… 쏘끼! 여우 이름은 쏘끼로 할래."

그렇게 숲 체험장에 있는 세 마리의 동물 이름이 모두 정해졌다.

"연우야, 그럼 우리 동화책 이야기를 만들어 볼까?

연우가 주인공이고, 동화책 제목은 〈머머류와 마법의 숲〉 어때?"

"좋아. 그럼 나랑 머머류랑 함께 가는데 호랑이 써머가 나타난 거야.

근데 써머가 다리를 다쳐서 내가 반창고를 붙여줬더니

써머가 이제 안 아픈 거야. 어때 아빠?"

"재밌다. 그럼 여우 쏘끼는 어떡하지?"

"나랑 머머류랑 써머가 미로를 빠져나가는데 거기서 우리가 막힌 거야.

그때 쏘끼가 나타나서 우릴 구해주면 되잖아."

"와! 연우, 이야기 잘 만든다.

그럼 우리, 얼른 집에 가서 머머류와 써머와 쏘끼 그림도 그리고

이야기도 끝까지 만들어보자!"

"웅! 얼른 가자 아빠!"

"음빠!", "엄마!", "물!", "똥!" 이렇게 한 단어밖에 말을 못 하던 아이가
"물 주세요." "아빠, 똥!"이라고 짧은 문장을 말하더니
"난 지금 그런 문제를 얘기하는 게 아니란 말이야!"라고
자신의 감정을 표현하게 됐고
이제는 한 편의 동화를 만들게 됐다.
천천히 천천히 아이와 대화를 하고 아이의 감성을 살려주면
아이들은 60개월만 넘어도 동화 한 편을 만들어 낼 수 있게 된다.
그걸 도와주고, 가능하게 해주는 게
부모의 역할이고 아빠의 역할이지 않을까?

머머류와
마법의 숲

이연우 지음 · 이재국 옮김

머머류와
마법의 숲

모두가 잠든 밤에 아기 사슴이 연우를 찾아왔어요.

"안녕? 난 아기 사슴이야."

"안녕? 난 연우야. 넌 이름이 뭐니?"

"난… 이름이 없어."

"그럼 내가 이름을 지어줄까? 음… 머머류 어때?"

"머머류?"

"응. 귀엽잖아. 머머류. 이제부터 너의 이름은 머머류야."

"고마워."

"근데 넌 어디에서 왔어?"

"마법의 숲에서 왔는데… 길을 잃었어. 나 좀 도와줄래?"

"마법의 숲이 어딘데?"

"나랑 같이 가보자."

연우는 머머류와 함께 마법의 숲으로 가기로 했어요.

"머머류야, 근데 마법의 숲에는 왜 가는거야?"

"나는 마법의 숲에 있는 하트 목걸이가 있어야 하늘을 날 수 있거든.

자, 내 등 위에 타렴. 그리고 내 뿔을 잡아!"

연우는 머머류의 등에 힘껏 올라탔어요.

"출발!"

그렇게 연우는 머머류와 함께 마법의 숲으로 떠났어요.

그런데 저 멀리서 비명 소리가 들렸어요.

"어흥, 나 좀 도와줘."

비명소리가 나는 쪽을 봤더니 호랑이 한 마리가 울고 있었어요.

"넌 왜 울고 있니?"

"어흥. 사냥꾼이 쏜 총에 맞아서 다리를 다쳤어.

근데 다른 친구들이 나를 무서워해서 도와주질 않아."

"알았어. 내가 반창고를 붙여줄게."

"연우야, 호랑이는 무서운 동물이야."

"괜찮아. 난 용기가 있으니까."

머머류가 연우를 말렸지만,

연우는 호랑이에게 다가가서 반창고를 붙여줬어요.

"반창고 붙였으니까, 이제 안 아플 거야."

"어흥. 고마워."

"넌 이름이 뭐니?"

"어흥. 난 그냥 호랑이야."

"그럼 내가 이름을 지어줄까? 음… 써머 어때?"

"써머? 괜찮은데."

"그럼 이제부터 너는 써머야. 인사해. 이쪽은 내 친구 머머류야."

"안녕, 난 머머류야."

"우리 셋이 마법의 숲으로 함께 가자!"

연우는 머머류와 써머와 함께 마법의 숲으로 갔어요.

한참을 가자, 저 멀리 마법의 숲으로 들어가는 문이 보였어요.

그런데 여우가 그 문을 지키고 있었어요.

"너희들은 누구야?"

"나는 연우야."

"나는 머머류고 얘는 써머야."

"여기는 아무나 들어갈 수 없는 곳이야.

마법의 숲에서 길을 잃으면 절대 나올 수 없어."

"난 하트 목걸이를 찾아야 해."

"어흥. 내 친구가 하트 목걸이를 찾을 수 있게 도와줘! 어흥!"

"알았어. 열어줄게."

써머가 무섭게 얘기했더니 여우는 문을 열어줬어요.

"고마워. 내 이름은 연우야. 넌 이름이 뭐니?"

"난 쏘끼라고 해."

"내 이름은 머머류야. 고마워. 내가 하트 목걸이를 찾으면

너도 꼭 하늘을 날게 해줄게."

"진짜? 꼭 하트 목걸이를 찾길 바랄게."

연우와 머머류 그리고 써머는 마법의 숲으로 들어갔어요.

미로처럼 생긴 마법의 숲에는

징검다리도 있고 나뭇가지에는 파란 해골도 달려 있었어요.

"오른쪽으로 갈까? 왼쪽으로 갈까?"

"어흥. 왼쪽에는 징검다리가 끊어져 있어. 우리 오른쪽으로 가자!"

오른쪽 길로 가다보니 악어들이 숨어 있는 늪이 나왔어요.

"우리 악어의 등을 밟고 뛰어넘자!"

머머류가 먼저 악어의 등을 밟고 폴짝 뛰어넘었어요.

그런데 연우는 악어가 무서워 울고 있었어요.

"나, 무서워. 악어 이빨이 너무 뾰족하단 말이야."

"어흥. 연우야. 내 등에 타렴. 내가 도와줄게."

써머는 연우를 등에 태운 다음 악어의 등을 밟고

성큼성큼 늪을 건넜어요.

악어떼가 있는 늪을 지나자 작은 동굴이 나왔고

머머류가 동굴 앞에 서서 말했어요.

"이 동굴에는 박쥐가 살고 있어. 박쥐의 공격을 피해야 해."

그러자 써머가 연우에게 물었어요.

"어흥. 연우야! 박쥐의 공격을 어떻게 피하지?"

"박쥐에게 과자를 던져주자. 엄마, 아빠랑 배를 타고 섬에 갔을 때

갈매기에게 과자를 던져주니까 갈매기들이 모여들었어.

과자를 던져주고 박쥐들이 과자를 먹으려고 모여들면

그때 재빨리 동굴을 지나가자."

연우가 주머니에서 과자를 꺼내서 동굴 속으로 던지며 말했어요.

"맛있는 새우깡 먹어라!"

파르르륵, 박쥐들이 모여들었고

그 사이 연우와 머머류 그리고 써머는 동굴을 빠져나갔어요.

동굴을 빠져나오자 긴 미끄럼틀이 놓여 있었어요.

"이 미끄럼틀을 타면 하트 목걸이가 있는 곳을 갈 수 있어."

"어흥. 그럼 내가 앞장설게."

"그래. 그럼 연우는 내 등에 타서 내 뿔을 꽉 잡아!"

연우는 머머류의 등에 탔고, 셋은 함께 미끄럼틀을 타고 내려왔어요.

꼬불꼬불, 오르락내리락, 미끄럼틀을 빙빙 타고 내려오자

반짝반짝 빛나고 있는 하트 목걸이가 보였어요.

"와! 하트 목걸이다!"

연우는 하트 목걸이를 머머류의 목에 걸어줬어요.

그러자 머머류의 뿔이 반짝반짝 빛나더니

머머류의 몸이 하늘로 두둥실 떠올랐어요.

신이 난 머머류가 힘차게 달리자 몸이 더 높이 떠올랐고

마침내 머머류는 하늘을 날아다녔어요.

"어흥. 정말 멋있다."

"머머류야! 하늘을 나니까 어때?"

"기분이 엄청 좋아. 고마워 연우야 그리고 써머야!"

하늘을 달리다가 내려온 머머류는

연우와 호랑이 써머를 태우고 다시 하늘을 날았어요.

"와 신난다!"

"어! 저기 쏘끼 있다. 쏘끼도 태워주자!"

연우와 머머류 그리고 써머, 쏘끼는
행복하게 서로를 꼭 끌어안고 하늘을 날았어요.
그런데 머머류의 등을 만져보니 등이 젖어있었어요.
"어? 비가 오나? 내가 쉬했나?"
연우가 깜짝 놀라 눈을 떠 보니, 아침이 밝아 있었고
다행히 이불에 쉬를 하진 않았어요.
연우가 고개를 돌려보니
연우의 베게 옆에는 반짝거리는 하트 목걸이가 놓여 있었어요.
"머머류야! 고마워!"

책을 쓰기 위해 정리해둔 건 아니었다.

연우가 하는 말, 연우와 나눈 이야기, 연우와 함께한 추억,

기록해두지 않으면, 나중에 아무것도 남지 않을 것 같아서 적어두었다.

책을 쓰면서

다시 한 번, 연우를 임신한 후 연우가 태어나기까지

그리고 어린이집에 다니면서 지금까지의 시간을 추억해봤다.

그런데 가장 생각이 많이 나는 건, 우리 엄마였다.

내가 연우에게 해주고 싶은 말이

곧, 엄마가 내게 해주신 말씀이었고

내가 연우를 보면서 기뻐했던 순간이

곧, 엄마가 나를 보며 기뻐했을 순간이라는 걸 깨달았다.

지금은 하늘나라에 계시지만,

또 한 번 엄마가 보고 싶고 엄마에게 감사했다.

다음으로 생각난 사람은 아내, 김나연.

분명, 나보다 더 똑똑하고 훌륭한 여잔데

고집불통에 '나'밖에 모르는 이재국이란 남자 옆에서

바보처럼 묵묵하게 나를 믿어줬고 나를 참 많이 변하게 해줬다.

"내가 먹여 살릴 테니까 오빠는 쓰고 싶은 글 쓰면서 살아요."

그녀가 해준 이 말 한마디에 난 작가가 됐고 가장이 됐다.

지금도 난 이 말만 생각하면 웃음이 나고 힘이 난다.

야생마같은 남자에게 집이 되어주고, 품이 되어준 그대, 감사해요.

그리고 내 아내도 한 아버지의 딸이기에

내가 연우를 소중한 딸로 생각하듯

아내도 장인어른의 참 소중한 딸이라는 걸 다시 한 번 깨닫게됐고

그녀를 더 사랑할 수 있는 계기가 됐다.

연우의 허락을 받지 않고 연우의 인생과 사생활을 기록한 것,

혹시 연우가 나중에 불만을 표시할지도 모르지만

아빠 사랑의 한 가지 표현이었다고 이해해주길 바란다, 연우야!

연우에게 쓰는 편지

셋이서 신나게 떠들고 싶은 밤이 있는가 하면

혼자서 조용히 취하고 싶은 날도 있고

셋이서 서로에게 기대고 싶은 밤이 있는가 하면

혼자서 차가운 바람을 맞고 싶은 밤도 있다. *

* 다카하시 아유무 「LOVE & FREE」 참조

우리 가족은

같은 공간에서 보내는 많은 시간을 통해서

'혼자의 자유'와 '셋의 자유'를 인정해주는 가족이 되자.

맛있는 음식이 있으면 가장 먼저 생각나는 사람, 김나연, 이연우!

나에게 힘든 일이 있을 때는 절대 비밀로 하고 싶은 사람, 김나연, 이연우!

연우야!

친구와 함께 있을 때는 엄마, 아빠를 잊어도 괜찮아.

하지만 네가 힘들 때는 엄마, 아빠가 친구가 되어줄게.

어떤 문제든 해결은 스스로 할 줄 아는 아이가 되렴.

물론 책임도 스스로 져야 하고.

엄마, 아빠는 문제를 해결해주고 대신 책임져주는 사람은 아니야.

아빠는 연우가 12살이 되면 어른 대접을 해줄 거야.

그때는 연우도 어른! 아빠도 어른! 엄마도 어른!

우린 각자를 존중하고 각자를 인정해주는 가족이 되자.

그리고 연우가 25살이 되면 아빠 마음속에서 연우를 놓아줄 거야.

언제나 나의 사랑스러운 딸이지만

연우가 파파걸이 되는 것도 싫고

아빠가 연우 근처를 서성거리며 감시하는 것도 싫어.

인생의 선택도 연우가 할 줄 알고, 결과도 연우가 책임질 수 있는

멋진 여자, 멋진 사람이 됐으면 좋겠어.

그리고… 효도는 할머니, 할아버지께 하렴.

연우가 태어나서 지금까지 엄마, 아빠와 함께하고 행복을 준 것만으로

엄마, 아빠에 대한 효도는 다 했으니까,

효도는 꼭 할머니 할아버지에게 하렴. 알았지?

아빠 왔다

초판 1쇄 발행 | 2014년 5월 26일
초판 5쇄 발행 | 2015년 2월 16일

지은이 | 이재국
그린이 | 김혜미
펴낸이 | 김희연
펴낸곳 | 에이엠스토리(amStory)

책임편집 | 김승윤
편　　집 | 정지혜, 황정아
홍보·마케팅 | (주)에이엠피알(amPR)
디자인 | 김민정 스튜디오 *miin*
인　　쇄 | 금강인쇄

출판 등록 | 2010년 2월 15일(제307-2010-4호)
주소 | (100-042) 서울특별시 중구 소파로 129(남산동 2가, 명지빌딩 신관 701호)
전화 | 02-779-6319 **팩스** | 02-779-6317
전자우편 | amstory11@naver.com
홈페이지 | www.amstory.co.kr
ISBN 979-11-85469-01-0 (03810)